クリスマス・キャロル

JN113523

越前敏弥＝訳

角川文庫
22430

目次

序　文

幽霊にまつわるこのささやかな書物において、わたしはある理想の形を具《そな》えた霊を呼び起こそうと試みた。この霊によって読者諸君が、自身に対して、他者に対して、この季節に対して、そしてわたしに対して、不快に感じることはよもやあるまい。この霊が家々に楽しく取り憑《つ》くことを、そして、葬り去ろうとする者が現れないことを祈っている。

読者諸君の忠実な友であり、僕《しもべ》でもあるC・D

一八四三年十二月

第一節　マーリーの幽霊

まず最初に言うが、マーリーは死んでいた。疑う余地はまったくない。マーリーの埋葬登録書には、牧師、教会書記、葬儀屋、喪主の署名があった。喪主の欄に署名したのはスクルージで、スクルージと言えば、ロンドンの王立取引所ではどんなときでも信用される名前だった。つまり、マーリーはドアの釘《くぎ》に劣らず、まちがいなく死んでいた。

どうかご注意を！　わたしはドアに打ちつけてある釘のどこがどう死んでいるのかについて、知識をひけらかすつもりはない。わたしとしては、世に出まわっている金物類で最も死んでいるのは棺桶《かんおけ》の釘だと考えたい。だが、〝ドアの釘〟というたとえには先人の知恵が詰まっているのだから、わたしの穢《けが》れた手でいじくりまわすわけにはいかないし、そんなことをしたらこの国は世も末だ。だから、ここはお許しを願って、もう一度断じよう。マーリーはドアの釘に劣らず、まちがいなく死んでいた。

スクルージはマーリーの死を知っていたか？　もちろんそうだ。知らないはずがあろうか。スクルージとマーリーは、数えきれぬほど長い年月にわたって、共同経営者同士だった。スクルージはマーリーのただひとりの遺言執行者、ただひとりの遺産管理人、ただひとりの相続人、ただひとりの残余財産受取人にして、ただひとりの友、ただひとりの送葬者だった。そんなスクルージでさえ、この不幸に気落ちしないどころか、葬儀の日にもすぐれた商魂を発揮して、破格の安値で式を営んだのだった。

マーリーの葬式の話が出たところで、はじめにもどろう。マーリーはまちがいなく死んでいた。この点をしっかり理解してもらわないと、これから話す物語になんの不思議もなくなる。芝居を観るにしたって、ハムレットの父親がはじめから死んでいることを承知していなければ、東風の吹くなか、父親が夜な夜な城壁をぶらついたとしても、なんの驚きもない。そこらの中年紳士が、暗くなってからどこか風の吹く場所へ――たとえばセント・ポール大聖堂の墓地へ――分別もなく現れて、気弱な息子をただおどかすのと変わらないのだから。

スクルージはマーリーの名前を塗りつぶさなかった。マーリーが死んで何年も経つのに、事務所のドアの上方には、相変わらず〈スクルージ&マーリー商会〉と記されていた。会社は〈スクルージ&マーリー商会〉の名で知られている。最近知り合った者は、スクルージをスクルージと呼ぶこともあれば、マーリーと呼ぶこともあったが、スクルージは両方の名前に返事をした。どちらでも同じことだったのだ。

ああ！　だがスクルージときたら、がちがちの締まり屋だった！　絞りとって、ひねりとって、もぎとって、こそげとって、ひったくる、強欲で罪深い老人だ！　火打石のように硬くとがっているのに、いくら鉄片を打ちつけても、気前よく火花を散らしたためしがない。秘密主義で、人付き合いをきらい、自分の殻に閉じこもる姿は孤独な牡蠣《かき》のようだ。体内から染み出る冷たさのせいで、皺《しわ》くちゃの顔は凍りつき、つんととがった鼻はしびれ、頰はしぼみ、足どりはぎくしゃくとしている。目は赤く血走っているのに、薄い唇には血の気がなく、きしんだ声で口にすることと言えば意地の悪いことばかり。頭と眉《まゆ》と、細く鋭い顎《あご》には、真っ白な霜がおりている。スクルージの行く先々で、つねにこの冷たさが付きまとった。事務所は真夏にも冷えびえとし、クリスマスの季節にしても、温度計がひと目盛りでもあがることはなかった。

外が暑かろうが寒かろうが、スクルージには無縁だった。日差しからぬくもりを得ることもなければ、冬の寒さに震えることもない。どんな風よりも辛辣《しんらつ》で、降りしきる雪よりも執念深く、土砂降りの雨よりも冷酷だ。どんな悪天候も、スクルージには太刀打ちできなかった。激しい雨や雪や雹《ひょう》や霙《みぞれ》がスクルージにまさると自慢できることがあるとすれば、それはたったひとつ。しばしば惜しみなく訪れることで、それはスクルージにはありえなかった。

道行くスクルージをうれしそうに呼び止めて、「スクルージさん、ご機嫌いかが？こんどはいつ、うちに来てくださいます？」などと話しかける者はいなかった。わずかな小銭をねだる物乞《ものご》いもいなければ、いま何時かと訊《き》く子供もなく、どこそこへの道を尋ねる者も、男女を問わず、スクルージの人生でただのひとりもいなかった。盲導犬でさえスクルージを知っているらしく、向こうからやってくるのを見つけると、建物の戸口や路地裏へご主人を引っ張っていき、尻尾《しっぽ》を振りながらまるでこう言いたげだった。「邪《よこしま》な目を持つくらいなら、いっそ目がないほうがましですよ、ご主人さま！」

では、スクルージはそれを気に病んでいただろうか？　いや、かえって好んだほどだった。人情など近寄ってくれるなとばかりに、この世の雑踏を掻《か》き分けていくことは、スクルージにとって、物知りが言うところの〝妙味〟だったのだから。

ある日のこと——それも、よりによってクリスマス・イブに——スクルージは事務所で忙しく仕事をしていた。外は身を切るように凛烈《りんれつ》で、おまけに霧まで出ていた。袋小路からは、行き交う人々の苦しげな息づかいや、体をあたためようとしているのか、手で胸を叩き、足で敷石を踏み鳴らす音が聞こえた。街の時計が三時を知らせたばかりなのに、あたりはだいぶ暗くなっていた。朝から少しも日が差していない。近所に並ぶ事務所の窓の向こうでは、蠟燭《ろうそく》の火が揺らめいて、手でふれられそうな褐色の空気に赤くにじんでいる。ありとあらゆる隙間や鍵穴《かぎあな》から霧が流れこむ一方、表では濃く立ちこめて、窮屈な袋小路をはさんだ向かいにある建物がただの幻に見える。黒い雲がどんよりと重く垂れ、すべてを暗く覆いつくすさまは、すぐ近くに住む自然の女神が大がかりに何かを醸しているかのようだった。

スクルージは自室のドアをあけ放し、水槽並みに小さなみすぼらしい隣室で書類の写しを作る事務員に目を光らせていた。スクルージの暖炉に燃える火はささやかだが、事務員のほうはそれにも増して貧弱で、石炭がひとかけら赤らんでいるだけに見えた。それでも新しく石炭をくべられないのは、スクルージが石炭箱を自室に置いているからだ。シャベルを手にはいっていこうものなら、この雇い主は決まって、どうやらさよならを言わなければならないようだ、などと言いだすのだった。そこで事務員は白い毛糸の襟巻きをつけて、蠟燭の火で暖をとろうとした。想像力が豊かな男ではないから、それではうまくいかない。

「メリー・クリスマス、伯父《おじ》さん！　神のご加護がありますように！」朗らかな声が響き渡った。スクルージの甥《おい》だ。あまりにもすばやく飛びこんできたので、すぐそばに来るまで気づかなかった。

「ふん！」スクルージは言った。「くだらん！」

霧と霜のなかを急いで歩いてきたせいで、スクルージの甥は体じゅうを熱く火照らせていた。上気した顔は美しく、瞳《ひとみ》をきらきらと輝かせ、口を開くとふたたび白い吐息がこぼれた。

「クリスマスがくだらないですって、伯父さん！　そんなの、冗談なんでしょう？」

「大まじめさ」スクルージは言った。「メリー・クリスマスだと！　おまえにどんな権利があって、愉快《メリー》にやろうなどと言えるんだ。愉快になる理由がどこにある？　貧乏人のくせに」

「でも、それなら」甥は陽気に言い返した。「伯父さんこそ、そんなふうにふさぎこむ権利がありますか？　しかめっ面をしてる理由がありますか？　お金持ちなのに」

とっさにうまい返事が浮かばず、スクルージはまた「ふん！」と言い、さらに付け加えた。「くだらん！」

「そういらいらしないで、伯父さん」

「いらいらせずにいられるもんか」スクルージは言い返した。「愚か者ばかりのこんな世の中だというのに。メリー・クリスマスだと！　メリー・クリスマスなんか、くたばっちまえ！　クリスマスってのは、払う金もないのに請求書を突きつけられる日だ。またひとつ歳をとって、それでいて金はちっとも増えない日だ。会計を決算しようとして、まるまる十二か月の取引が、全部大損しているとわかる日だ。もしも、おれの願いがかなうなら」スクルージは憤然と言った。「〝メリー・クリスマス〟などと口にするばかたれは、ひとり残らず、プディングともどもゆであげて、心臓にヒイラギの杭《くい》を打って埋めちまえばいい。ぜったいにだ！」

「伯父さんたら！」甥は頼みこむように言った。

「いいか、おまえ！」スクルージは容赦なく返した。「おまえはおまえの好きなようにクリスマスを祝えばいいが、おれはおれの好きなように祝わせてもらう」

「祝うですって？」甥は言った。「でも、伯父さんは祝わないのに」

「じゃあ、ほうっておいてくれ」スクルージは言った。「おまえはたくさんいい目に遭うだろうがな！　これまでも山ほどそんなことがあったろうがな！」

「ぼくは世の中のいろんなものから、多くをもらってきたと思いますよ。お金にはならなくてもね」甥は答えた。「特にクリスマスはそうです。毎年、クリスマスの時期になると思うんですよ、いい季節だなって。その聖なる名前や由来を尊ぶ気持ちは別にしてもね。もっとも、クリスマスに関するものは、なんであれ、それと切り離せませんけど。クリスマスはやさしくて、懐が深くて、慈悲の心に満ちた楽しい季節です。一年という長い暦のなかで、クリスマスだけは特別ですよ。男も女もみんなそろって、閉ざしていた心を思いきりあけ放ち、自分より身分の低い人々も、墓にはいるまでの時間をいっしょに過ごす旅の仲間なんだ、行き先のちがう別の種類の人間じゃないんだって、考えるようになるんです。だからね、伯父さん、クリスマスだからって、ぼくのポケットに金や銀のひとかけらでもあったためしはないけど、ぼくにはいいことがたくさんあったし、これから先もきっとそうです。だから言いますよ、神の祝福がありますようにって！」

〝水槽〟の事務員が思わず拍手したが、すぐさま自分の犯した過ちに気づき、暖炉の火をつついて、弱々しい火花まで永遠に消し去った。

「こんど音を立ててみろ。クリスマスが失業祝いになるぞ」スクルージはそう言うと、甥に振り向いた。「ほう、ずいぶん口が達者でいらっしゃいますな。国会議員にでもなったらどうだ」

「怒らないでくださいよ、伯父さん。そうだ！　あす、うちへ食事に来てください」

スクルージは、ああ、会おうじゃないか、と言った――そう、たしかに言った。そしてゆっくり時間をかけて、地獄でな、と付け加えた。

「でも、どうして？」甥は言った。「どうしてですか」

「おまえ、どうして結婚した？」

「恋に落ちたからですよ」

「恋に落ちただと！」スクルージは声を荒らげた。この世でただひとつ、クリスマスよりもばかげたものは恋愛だとでも言いたげだ。「では、ごきげんよう！」

「待ってください、伯父さん。結婚する前だって、一度も会いにきてくれなかったんだ。なぜいまさらそれを理由にことわるんです」

「ごきげんよう」スクルージは言った。

「何かくれって言ってるんじゃない。何もねだるつもりはありません。ぼくたち、もっと仲よくやれませんか」

「ごきげんよう！」

「残念だな、そんなふうにきっぱり拒まれると、ほんとうに悲しくなりますよ。ぼくたち、喧嘩《けんか》をしたことは一度もなかったのに。きょうはクリスマスに敬意を表してがんばってみたんですけどね。これからもずっと、ぼくはクリスマスを愉快にお祝いします。それじゃ伯父さん、メリー・クリスマス！」

「ごきげんよう」

「それから、よいお年を!」

「ごきげんよう!」

ここまで言われても、甥は怒りのことばひとつ漏らさずに部屋を出た。ドアの前で立ち止まると、事務員にもクリスマスと新年の挨拶《あいさつ》をした。寒さに凍えてはいたものの、スクルージよりあたたかな心を持った事務員は、気持ちをこめて挨拶を返した。

「頭のおかしいのがもうひとり」ふたりのやりとりを耳にして、スクルージはつぶやいた。「うちの事務員ときたら、週給十五シリングで妻も子もかかえながら、よくメリー・クリスマスなんぞとぬかせたもんだ。こいつといるくらいなら、精神科病院にでもこもりたいよ」

変人扱いされた事務員は、スクルージの甥を見送るのと入れちがいに、ふたりの客を迎え入れた。恰幅《かっぷく》のよい、しっかりした身なりの紳士たちで、帽子を脱いでスクルージの部屋にはいってきた。本と書類をかかえたまま、ふたりはスクルージにお辞儀した。

「こちらは〈スクルージ&マーリー商会〉ですね」紳士のひとりが手もとのリストを確認して言った。「スクルージさんでいらっしゃいますか、それともマーリーさん?」

「マーリーは七年前に死にましたよ」スクルージは言った。「七年前のちょうど今夜にね」

「故人の寛大なお心は、共同経営者でいらっしゃるあなたに、そのまま引き継がれているものとお見受けします」紳士はそう言って、信用証明書を差し出した。

たしかに引き継いではいた。スクルージとマーリーは似た者同士だったからだ。〝寛大なお心〟という不吉なことばを聞いて、スクルージは眉《まゆ》をひそめてかぶりを振り、証明書を返した。

「このお祝いの時季にあたりまして、スクルージさん」紳士はペンを手にとって言った。「いまも大変な苦しみにあえぐ貧しい人々にささやかでも施しを与えることは、いつにも増して望ましいことと存じます。何千という人々が、日常の必需品にも事欠いています。何十万という人々が、ごくふつうの楽しみさえ得られずにいるのです」

「監獄があるのでは？」スクルージは尋ねた。

「監獄なら、じゅうぶんにありますが」紳士はペンを置いた。

「救貧院は？」スクルージはさらに尋ねた。「救貧院はまだありますか」

「はい」紳士は答えた。「廃されたと申しあげられたら、どんなにいいか」

「では、罪人に踏ませる踏み車も、救貧法も、大活躍というわけだ」

「どちらも大変な忙しさです」

「よかった！　あんたのお話をうかがって、そのふたつがうまく立ち行かなくなるようなことでもあったのかと、心配になったものですから」スクルージは言った。「それを聞いて安心しました」

「あのようなところでは、おおぜいの人々が、クリスチャンにふさわしい心身の励ましを与えられずにいるようです」紳士は言った。「そこで、わたくしどもの何人かで、貧しい人たちが飢えと渇きを癒《いや》し、寒さをしのげるように、こうして募金をお願いしてまわっているのです。この時期を選びましたのは、一年でいちばん貧しさが身にこたえる一方で、豊かな者たちが喜びに沸くときだからです。あなたさまのお名前で、おいくらの寄付のご記帳をいただけますかな」

「だめだ！」スクルージは言った。

「匿名をお望みで？」

「ほうっておいていただきたい。何が望みかとお訊《き》きなら、それが答です。自分はクリスマスを愉快に過ごしませんし、怠け者どもを愉快にしてやる金も持ち合わせていません。さっき言った施設には援助をしています――それだってかなりの負担だ。生活に困ってるなら、施設へ行けばいい」

「はいれない人もいるんですよ。それに、そんなところへ行くくらいなら、死んだほうがましだという人もたくさんいます」

「死んだほうがましだと思うなら」スクルージは言った。「そうしてもらえれば、余分な人口が減る。それに――はっきり言うが――自分の関知することじゃない」

「そんなことはありませんよ」紳士は応じた。

「知ったことじゃない」スクルージは答えた。「人間、自分の面倒をしっかり見て、他人のことに首を突っこまずにいれば、それでじゅうぶんだ。自分のことだけで精いっぱいですよ。では、ごきげんよう！」

説得しても無駄だと悟り、ふたりの紳士は引きあげていった。スクルージはわれながら上出来と思い、いつになく浮かれた気分で仕事にもどった。

そのあいだにも、霧と闇はいっそう濃くなり、ゆらゆらと燃える松明《たいまつ》を手にした人々が走りまわって、馬車馬の前で先へ誘導する仕事にありつこうとしていた。古《いにしえ》の教会の塔には銅鑼《どら》声を響かせる古い鐘があり、いつもならゴシック様式の窓からスクルージをこっそり見おろしているのに、いまは雲に隠れて見えず、十五分ごとに時を打ったあと、凍えた顔で小刻みに歯を鳴らすかのような余韻を流している。寒さはいっそうきびしい。大通りと小路がぶつかる角では、ガス管の修理をする作業員たちが真鍮《しんちゅう》の火鉢に大きな火を焚《た》き、そのまわりにぼろをまとった男や少年たちが集まって、燃え盛る炎に魅入られながら、手をかざしたり、目をしばたたかせたりしている。そこから離れた給水栓では、あふれ出た水が急に固まって、人間ぎらいの氷に変わっている。商店の飾り窓では、熱いランプの光を浴びたヒイラギの小枝や実がはじけ飛ぶほどに輝いて、前を通り過ぎる青白い顔をつぎつぎに赤く染めている。鳥肉や食料品を売る店は、笑いが止まらない繁盛ぶりだ。華々しい見世物《みせもの》のような騒ぎは、味気ない商取引の世界とは無縁としか思えなかった。広大で堅固な公邸で過ごすロンドン市長は、五十人もの料理人や使用人に対して、市長邸にふさわしいクリスマスの祝宴を準備するよう命じていた。この前の月曜日に酔っぱらって通りで流血騒ぎを起こし、市長から五シリングの罰金を科された仕立屋の小男ですら、屋根裏部屋であすのプディングをこねまわし、痩《や》せた妻は赤ん坊を抱いて牛肉を買いに飛び出していった。

霧も寒さも、ひどくなる一方だ！　冷気が体に刺さり、染み入り、嚙《か》みつく。鍛冶《かじ》屋《や》の守護聖人である聖ダンスタンが、いつもの大ばさみの代わりにこの冷気で悪霊の鼻をつねったら、悪霊はさぞ盛大に叫び声をあげたことだろう。鼻と言えば、犬にかじられた骨のように、貪欲《どんよく》な寒さに鼻をいたぶられた少年が、スクルージの事務所の前でかがみこみ、鍵穴《かぎあな》越しにクリスマス・キャロルを歌って喜ばせようとした。しかし――

世の人忘るな　クリスマスは――

そう歌い出したとたん、スクルージが簿記棒を勢いよくつかんだので、歌い手は恐れをなして逃げだし、鍵穴からは、霧や、さらにおあつらえ向きの寒気が忍び入るばかりになった。

ようやく、事務所を閉める時間になった。スクルージはしぶしぶ椅子からおりると、水槽で待ち受ける事務員に向かって、無言のうちにその事実を伝えた。事務員はすぐさま蠟燭《ろうそく》を消して、帽子をかぶった。

「あすは一日休みたいと言うんだな」スクルージは言った。

「ええ、差し支えがなければ」

「差し支えるとも。それに不公平だ。休んだぶん、半クラウンでも差っ引こうもんなら、不当な扱いを受けたと言いだすにちがいないからな」

事務員は力なく笑みを浮かべた。

「そのくせ」スクルージはつづけた。「休みの日まで給料を払わされるこのおれのほうがひどい目に遭っているとは、考えもしないらしい」

事務員は、一年でたった一度のことですから、と言った。

「十二月の二十五日になるたびに、人のポケットから盗みを働くにしては、情けない言いわけだ！」そう言いながら、スクルージは外套《がいとう》のボタンを顎《あご》まで留めた。「だが、どうしてもまる一日休むつもりだろう。そのぶん、あさっての朝は早く出てくるんだぞ！」

かならず早く来ます、と事務員が約束すると、スクルージはうなり声とともに出ていった。事務所はまたたく間に閉められた。事務員は白い毛糸の襟巻きを腰の下まで垂らし（外套を持っていなかった）、クリスマス・イブのお祝いのつもりで、少年たちの列の後ろについてコーンヒルの坂を二十回も滑りおりてから、こんどは家で目隠し鬼をして遊ぼうと、カムデン・タウンまで全速力で走っていった。

スクルージは、行きつけのうらぶれた食堂で、うらぶれた夕食をすませた。店の新聞をすべて読み終えると、あとは銀行の預金通帳をながめて時間をつぶし、そろそろ寝ようと家路に就いた。スクルージが住んでいる部屋は、もとは死んだ共同経営者のものだった。陰気くさいひとつづきの部屋で、中庭の奥の薄暗い建物のなかにある。まったく場ちがいに感じられ、この建物がまだ子供だったころ、ほかの家々といっしょに隠れんぼをしてここへ逃げこんだまま、帰れなくなったのではないかと想像したくなるほどだった。いまではすっかり年老いて殺伐としたこの建物に住んでいるのはスクルージだけで、ほかの部屋はすべて貸し事務所になっている。中庭は真っ暗で、敷石のひとつひとつを熟知しているスクルージでさえ、手探りをしなければ歩けなかった。黒く古めかしい門扉のあたりには霧と凍《い》てつく寒気が重く垂れこめ、まるで天気を司《つかさど》る神が門口にすわりこんで、悲しい物思いに沈んでいるかのようだった。

さて、これは事実だが、ドアについたノッカーには、いやに大きいこと以外になんの特徴もなかった。そして、これも事実だが、この家に住んでいるあいだじゅう、スクルージは毎朝毎晩、そのノッカーを目にしていた。そのうえ、スクルージはロンドン市のだれにも劣らず——大胆に言ってしまえば——自治体や長老参事会や同業組合の面々にすら劣らないほど、想像力というものをまったく持ち合わせていなかった。もうひとつ、これも心にとどめてもらいたいのだが、七年前に死んだ共同経営者マーリーのことは、その日の午後に一度話題にしたきり、頭からすっかり消えていた。にもかかわらず、スクルージがドアの鍵穴に鍵を差したとき、なぜノッカーがマーリーの顔に、それも、じわじわとではなく一気に変わってしまったのか、どなたでも説明できるならぜひそう願いたい。

マーリーの顔。中庭にあるものはどれも、光を通さない真っ黒な影なのに、その顔だけは、暗い地下室の腐ったロブスターのように不気味な光を帯びていた。怒っているわけでも凶暴に見えるわけでもなく、ふだんどおりのマーリーの顔でスクルージを見つめ、おぼろげな眼鏡をおぼろげな額に載せている。髪の毛は妙に逆立って、息を吹きかけられたか、湯気が立ちのぼっているかのようだった。両目は大きく見開いているのに、微動だにしない。そのことと、青黒い肌の色とが、顔をとても恐ろしく感じさせている。だがそれは、みずからそんな表情をしているというよりも、意志とは関係なく、抗《あらが》いがたい力でそうなっているように見えた。

スクルージが茫然《ぼうぜん》と見入っているうちに、それはもとのノッカーにもどっていた。

驚かなかったとか、子供のときから無縁だった恐怖が全身の血を駆けめぐるのを少しも感じなかったと言えば嘘になる。それでもスクルージは、いったん放した手をふたたび鍵にかけて一気にまわし、部屋にはいって蠟燭に火をつけた。

ドアを閉めようとして、一瞬ためらい、立ち止まりはした。マーリーのより合わせた髪がドアの内側に飛び出ているかもしれない恐怖に備えつつ、用心深く振り返りもした。しかし、ドアについているのはノッカーを留めたボルトとナットだけだった。スクルージは「ふん！」と言って、勢いよくドアを叩《たた》きつけた。

その音は、建物じゅうに雷のようにとどろいた。上の階の部屋という部屋、ワイン商が地下に貯蔵している樽《たる》という樽が、めいめいにちがう調子でこだましている。しかし、そんな音に動じるスクルージではなかった。ドアに鍵をかけると、玄関広間を通り抜け、蠟燭の芯《しん》を切りながら悠々とした足どりで階段をあがっていった。

もしかしたら諸君は、古い幅広の階段だの、できたばかりの悪法の穴だのを六頭立ての馬車ですり抜ける、というたとえ話をしたことがあるだろうか。わたしが言いたいのは、この階段が霊柩車《れいきゅうしゃ》でさえ通れるほど、それも、馬車の横木を壁側に、後ろの扉を手すり側にして、横向きに楽々引きあげられるほど広かったということだ。じゅうぶんな横幅をとっても、まだ余裕があるくらいだった。おそらくそのせいだろうが、スクルージは、馬に引かれていない霊柩車が目の前の暗がりをひとりでに走っていくのを見た気がした。玄関は通りからガス灯を五つ六つ持ってきても足りないくらい暗かったのだから、スクルージの獣脂の蠟燭だけではどれほど暗かったことか、察してもらえるだろう。

そんなことはまったくおかまいなしに、スクルージは階段をあがっていった。暗闇は安あがりだから、気に入っていた。とはいえ、自室の重たいドアを閉める前に、すべての部屋を歩いてまわって、何も異常がないのをたしかめることにした。そうしようと思うほどには、あの顔のことが気がかりだった。

居間、寝室、物置き部屋。なんの問題もない。テーブルの下もソファーの下も、だれもいない。暖炉にはほんの小さな炎。用意しておいたスプーンと椀《わん》もそのままだ。暖炉のなかの横棚には、粥《かゆ》のはいった小さな鍋《なべ》が載っている（スクルージは風邪をひいていた）。ベッドの下はだれもいない。クローゼットのなかもいない。ガウンは怪しげな恰好《かっこう》で壁に掛かっていたが、だれも隠れていなかった。物置き部屋もいつもどおりだ。古い暖炉の囲いに、履き古した靴、魚籠《びく》がふたつ、三本脚の洗面台、そして火《ひ》搔《か》き棒。

すっかり満足したスクルージは、戸締まりをして閉じこもった。ふだんはしないことだが、今夜は二重に錠をおろした。こうして不意打ちに備えてから、ネクタイをはずし、ガウンをはおり、スリッパに履き替えて、ナイトキャップをかぶった。それから暖炉の前に腰をおろし、粥を食べはじめた。

なんとも弱々しい火だった。こんなにも寒さのきびしい夜には、ないのも同然だ。ほんのひと握りの燃料から、なけなしのぬくもりを感じるためには、すぐそばに身を寄せて、火をかかえこむようにするしかなかった。古い暖炉は、その昔、どこかのオランダ人商人が作ったもので、まわりに聖書の物語を描いた趣あるオランダタイルが貼られている。カインとアベル、ファラオの娘、シバの女王、羽根布団のような雲に乗って舞いおりる天の使い、アブラハム、ベルシャツァル、バター入れに似た小舟で海へ漕《こ》ぎ出す使徒たちなどなど、何百もの人物たちがスクルージの気を引きつける。それなのに、マーリーの顔、七年も前に死んだあの男の顔が浮かんでは、大昔の預言者の杖《つえ》のように何もかもを呑《の》みこんだ（旧約聖書「出エジプト記」七章より。預言者アロンが杖を投げると蛇になり、エジプトの魔術師たちが出したほかの蛇を飲みこんだ）。なめらかなタイルがどれも無地で、スクルージの乱れた思考を描き出す力を具えていたら、ひとつ残らずマーリーの顔になっていたことだろう。

「くだらん！」スクルージはそう言って、部屋のなかを行ったり来たりした。

　何往復かして、スクルージはまた腰をおろした。頭を椅子の背にもたせかけると、天井からぶらさがったベルが目に留まった。いまは使われていなくて、理由はわからないが、建物の最上階の部屋に通じているベルだ。そのとき、スクルージは驚愕《きょうがく》し、ことばにならない異様な恐怖に襲われた。ながめているうちに、ベルが左右に揺れはじめたからだ。はじめは音もなく、かすかに揺れているだけだったが、すぐにけたたましく鳴りだして、建物じゅうのベルがいっせいにつづいた。

　三十秒か一分ほどのことだったのだろうが、一時間にも感じられた。鳴りはじめたときと同じように、ベルはいっせいに鳴りやんだ。するとこんどは、どこかずっと下のほうから金属のぶつかり合う音が聞こえてきた。まるでだれかが重い鎖を引きずって、地下のワイン樽の上を歩いているような音だ。幽霊が出没する屋敷では鎖が引きずられるという話をスクルージは思い出した。

突然、地下の貯蔵室のドアがすさまじい音を立てて開き、それをもしのぐ轟音《ごうおん》が階下から響いた。階段をのぼり、スクルージのほうへまっすぐに近づいてくる。

「いや、くだらん！」スクルージは言った。「信じるものか！」

けれども、それが頑丈なドアを通り抜けて中へはいり、目の前まで迫ってきたときには、さすがのスクルージも顔色を変えた。と同時に、消えかけていた暖炉の火がいきなり燃えあがり、こう叫んだかのようだった。「あいつ、知ってるぞ！　マーリーの幽霊だ！」そして声は消えた。

同じ顔。まさしく、あの顔だった。髪を後ろで束ね、いつもの胴着にタイツとブーツを身につけたマーリー。ブーツの房飾りも、束ねた髪も、コートの裾《すそ》も、額のまわりの髪も、すべて逆立っている。引きずっている鎖は、腰のあたりで固定されている。それは長く、尾のように垂れてとぐろを巻き、（しっかり見ると）手提げ金庫、鍵束《かぎたば》、南京錠、帳簿、権利書、鋼でできた重そうな財布が連なっていた。体は透きとおっている。胴着へ目をやると、腰の後ろについたふたつのボタンまで透けて見えた。

マーリーには心が宿るはらわたがないと人が言うのを、スクルージはよく耳にしたものだが、まさかほんとうだとは思ってもみなかった。

いや、いまも信じたわけではない。しげしげと見つめて、その幻が自分の目の前に立っているのがわかったし、死のように冷たい目を見ると、背筋が凍りつく。さっきは気がつかなかったが、頭と顎《あご》のまわりには折りたたんだスカーフが巻いてあり、その織り方まではっきりわかる。それでもまだ、スクルージは信じられず、自分の五感と闘った。

「おい、どうした！」スクルージは以前と同じ冷たく辛辣《しんらつ》な調子で言った。「おれに用でもあるのか？」

「大ありだ！」――まぎれもない、マーリーの声だ。

「あんた、だれなんだ」

「だれだったのか、訊《き》くといい」

「じゃあ、だれだったんだ」スクルージは声を張りあげた。「面倒なやつだな……化けて出やがって」ほんとうは〝ばかにしやがって〟と言いかけたのだが、こちらのほうがふさわしいと思って言い換えたのだった。

「生きていたころは、おまえの共同経営者、ジェイコブ・マーリーだった」

「あんた……すわれるのか？」スクルージは疑わしげに相手を見て尋ねた。

「すわれるとも」

「なら、そうしたらどうだ」

スクルージがそんな質問をしたのは、こんなに透きとおった幽霊が椅子にすわれるのかと疑問に思ったからだ。もしすわれなければ、ばつの悪い言いわけをさせてやれるだろう。ところが、幽霊はずいぶんと慣れた様子で、暖炉の反対側に腰をおろした。

「おまえ、わたしがここにいると信じていないな」幽霊は言った。

「信じるもんか」スクルージは言った。

「自分の五感のほかにどんな証拠があれば、わたしの存在を信じるんだね」

「さあ、どうかな」

「おまえはなぜ自分の感覚を疑う？」

「なぜって」スクルージは言った。「些細《ささい》なことにも影響されるからだ。腹の調子がちょっと悪いだけで、感覚は妙なことをやらかす。あんたは消化しきれなかった牛肉の切れ端かもしれないし、マスタードの染みか、チーズの塊か、生焼けのジャガイモのかけらかもしれない。何者か知らんが、化け物より揚げ物が近いんじゃないか！」

スクルージは冗談などめったに飛ばさなかったし、そんな気分でもまったくなかった。何かしゃれたことでも言って気をまぎらわし、恐怖におののく心を落ち着けたかった、というのが本音だ。幽霊の声のせいで、骨の髄まで震えあがっていた。じっと動かない虚《うつ》ろな目を、しばらくだまって見つめでもしたら、すっかり参ってしまいそうだった。幽霊のまとう地獄めいた空気にも、ひどく恐ろしいところがある。スクルージには感じられなかったが、空気が異なるのは明らかだった。幽霊は身じろぎひとつしないのに、髪も、コートの裾も、ブーツの房飾りも、かまどから噴きあがる熱い蒸気を浴びているかのように揺れているからだ。

「この爪楊枝《つまようじ》が見えるか？」追いつめられたスクルージは、あわてて攻撃に移った。ほんの一秒でも、冷たい石のような視線から逃れたくてたまらなかった。

「見える」幽霊は答えた。

「でも、見ていないじゃないか」

「それでも、見えるものは見える」

「わかった、わかった！」スクルージは言った。「こいつを丸呑《まるの》みしさえすれば、この先の人生ずっと、自分の頭で作り出した化け物の軍団に攻め立てられて過ごせるってわけか。くだらん。ああ、実にくだらん！」

幽霊はこれを聞くと、すさまじい叫びをあげて鎖を揺さぶった。陰気な金属音のあまりのおぞましさに、スクルージは椅子にかじりつき、どうにか卒倒だけは免れた。ところが、これをはるかに超える恐怖がスクルージを襲った。部屋のなかでは暑すぎるとでも言いたげに、幽霊が頭に巻いていたスカーフをはずしたとたん、下顎《したあご》ががっくりと胸まで落ちたのだ！

スクルージは床へ崩れ落ち、顔の前で手を組み合わせた。

「助けてくれ！」スクルージは言った。「恐ろしい幽霊よ、なぜこんなにおれを苦しめる？」

「欲にまみれた人間よ！」幽霊は言った。「おまえはわたしを信じるのか、それとも信じないのか？」

「信じるさ」スクルージは言った。「信じないわけにいかない。でも、なぜ死者の霊が地上をさまよい歩いてるんだ？　なぜ、よりによっておれのところへ？」

「生ける者はだれしも」幽霊は答えた。「人間同士、互いに心を通わせて、広く遠くまで歩きつづけねばならない。命あるあいだ、おのれの内に閉じこもっていた魂は、死後に外へ出る定めを負うている。否応《いやおう》なく世界をさまよい歩き——ああ、なんと惨めなことか！——この世でなら人々と手を取り合い、幸せに変えられたかもしれぬものを、いまはただ見守ることしかできぬとは！」

幽霊はまたしても声をあげ、鎖を揺さぶって、影のような両手を揉《も》み絞った。

「鎖でつながれてるが」スクルージは震えながら言った。「それはなぜだ」

「これは生前、わたしが自分で作った鎖だ。この輪をひとつ、またひとつとつなぎ、一メートル、また一メートルと長くしていった。おのれの自由な意思でこれにつながれ、自由な意思でこれを引きずっているわけだ。この鎖の形に見覚えがないか？」

スクルージの震えは増すばかりだった。

「それとも」幽霊はつづけた。「おまえが自分に巻きつけている鎖の重さと長さを知りたいと言うのか？　七年前のクリスマス・イブには、もうわたしと同じくらい重く、長い鎖だった。そのあとも、おまえはせっせと作り足してきたんだ。たいそう重くて立派な鎖だよ！」

スクルージは百メートルもある鉄の鎖に取り囲まれているのかと思い、すばやく足もとを見まわした。しかし、何も見えない。

「ジェイコブ」スクルージはすがるように言った。「ジェイコブ・マーリーよ、もっと教えてくれ。何か慰めになるようなことを言ってくれ、ジェイコブ」

「わたしは何も与えてやれない」幽霊は言った。「慰めはほかの場所からほかの使者たちによって、ほかの人間のもとへ届けられるのだよ、エベニーザー・スクルージ。

わたしには話したいことを話すこともできない。許された時間はあとわずかだ。わたしには、休むことも、とどまることも、のんびりどこかをぶらつくこともできない。わたしの魂はあの事務所にずっと閉じこもっていた――いいか、よく聞け！――わたしの魂は、一生のうち一度も、あのせま苦しい金勘定の穴蔵から一歩も外へ出なかったんだ。そのせいでこの苦しい旅をつづけねばならない！」

考え事をするときにズボンのポケットに手を突っこむのがスクルージの癖だった。幽霊の言ったことについて考えながら、いまもそうしていたが、相変わらず目は伏せて、ひざまずいた恰好《かっこう》のままでいた。

「ずいぶんのんびり旅をしてきたんだな、ジェイコブ」スクルージは敬意を示しつつも、仕事の話をするかのように淡々と言った。

「のんびりだと！」幽霊は同じことばを返した。

「死んでからの七年間」スクルージは考えながら言った。「ずっと旅を？」

「ずっとだ」幽霊は言った。「休息も、安らぎもない。絶えず後悔の念に苛《さいな》まれている」

「旅は急ぎ足なのか」

「風の翼に乗る」

「七年も旅をすれば、ずいぶんあちこちへ行ったんだろうな」スクルージは言った。

幽霊は、これを聞くとまた叫び声をあげ、鎖を激しく鳴らして、夜の静寂を金属音で破った。近所迷惑だと言って夜警が飛んできても文句は言えない。

「ああ！　囚《とら》われ、つながれ、手かせ足かせをはめられた身よ」幽霊は叫んだ。「不死の者たちが長い時間をかけて不断の努力を重ねても、その善がこの世で実を結ぶ前に永遠に帰してしまうことを知らずにいるとは。クリスチャンの心を持ち、それぞれのささやかな世界で誠実に働く者たちが、どれほど世の中の役に立ちたくとも、かぎりある命では短すぎると嘆いていることを知らずにいるとは。ただ一度しかない人生の道を誤れば、どんなに後悔しても取り返しがつかないということを知らずにいるとは！　わたしもそうだ！　そう、わたしもそうだったんだ！」

「だがジェイコブ、あんたは仕事ができる男だったじゃないか」スクルージは弱々しく言いながら、幽霊のことばを自分にあてはめて考えはじめていた。

「仕事！」幽霊は叫んで、握り合わせたこぶしにあらためて力をこめた。「人間こそがわたしの仕事だった。あらゆる人の幸福こそ、わたしの仕事だった。人を慈しみ、人を助け、人を許し、人を愛することは、すべてわたしの仕事だった。商売の取引など、自分のなすべき仕事に比べたら、大海の一滴にすぎない！」

幽霊は腕の長さぶんの鎖を振りあげて、無益な悲しみの根源はこれだと言わんばかりに、力いっぱい床に叩《たた》きつけた。

「毎年めぐりくるこの季節がいちばんつらい」幽霊は言った。「なぜわたしは目を伏せたまま人々のあいだを通り過ぎ、東方の賢者たちをイエスの貧しき住まいへと導いたあの聖なる星を仰ぎ見ようともしなかったのか？　その光がどこかの貧しい家へこのわたしを導いてくれることはなかったのか？」

幽霊の興奮するさまにうろたえて、スクルージは激しく体を震わせた。

「聞け！」幽霊は叫んだ。「もう時間がないんだ」

「聞くさ」スクルージは言った。「でも、おれにつらくあたらんでくれ！　恐ろしい話はもうたくさんだ、ジェイコブ。頼むよ！」

「なぜわたしがおまえの目に見える姿で現れたのかを教えてはやれない。これまで長い年月、見えない姿でおまえの横にすわっていたんだがな」

どうも信じがたい話だった。スクルージは身震いし、噴き出した額の汗をぬぐった。

「わたしの果たすべき贖罪《しょくざい》のなかでも、けっして楽ではない部分だ」幽霊はつづけた。「今夜、こうして会いにきたのは、おまえに忠告するためだ。おまえにはわたしと同じ運命から逃れる機会と希望がある。機会と希望だけは手に入れてやれたんだよ、エベニーザー」

「あんたはいつもよき友だった」スクルージは言った。「感謝するよ」

「このあと、おまえのもとを訪れる者がいる」幽霊は言った。「三人の精霊だ」

スクルージの顔が幽霊に劣らず血の気を失った。

「それがあんたの言う機会と希望なのか、ジェイコブ」力なく尋ねた。

「そうだ」

「そ――それはごめんこうむりたいな」スクルージは言った。

「その訪問を受けないかぎり、わたしと同じ道を行くことは避けられない。ひとり目の精霊は、あすの夜、一時の鐘が鳴ると現れる」

「三人いっしょに来てもらって、いっぺんに終わらせることはできんのか」スクルージは提案した。

「ふたり目はそのつぎの夜、同じ時刻に現れる。三人目はそのまたつぎの夜、十二時を知らせる鐘の最後のひと打ちが鳴りやんだときに現れる。わたしにはもう会えないと思え。ただし、今夜こういうことがあったのを忘れるなよ。おまえのためにだ！」

言い終えると、幽霊はテーブルに置いてあったスカーフを手にとって、頭のまわりにもとどおりに巻きつけた。顎《あご》がはまって歯が嚙《か》み合うのがスクルージにもわかった。

勇気を振り絞って顔をあげると、この自然を超越した訪問者は鎖を腕に巻きつけて、スクルージの前に直立不動で立っていた。

幽霊はあとずさりしてスクルージから離れていった。一歩さがるごとに窓が少しずつあがっていき、幽霊が着くころにはすっかり開ききっていた。手招きしてきたので、スクルージは歩み寄った。あと二歩というところで、マーリーの幽霊は片手をあげて、それ以上近づかないように制した。スクルージは立ち止まった。

幽霊の命令に従ったと言うより、驚きと恐怖で立ちすくんだと言ったほうがいいだろう。幽霊が手をあげたとたん、あたりから雑然とした音が聞こえてきたからだ。それは悲嘆と後悔の入り混じったざわめきだった。得も言われぬ悲しみと自責の念をたたえた、慟哭《どうこく》の声だった。しばらく耳を傾けていた幽霊は、みずからもその悲しい合唱に加わると、寒々とした夜の闇へ漂い去っていった。

好奇心に駆られたスクルージは、幽霊のあとを追って窓に近づき、外をのぞいた。

夜空はおおぜいの幽霊で満たされていた。あちらでもこちらでも、悲しみの声をあげながらあわただしく動きまわっている。どの幽霊もマーリーと同じように鎖を引きずり、数人で同じ鎖につながれた者たちもいる（罪を犯した役人たちかもしれない）。だれひとり、自由の身ではなかった。幽霊たちの多くは、生前にスクルージと顔見知りだった。中でも、白い胴着を身につけて、足首に巨大な金庫をぶらさげた老人はよく知っていた。この幽霊は、すぐ真下にある建物の玄関口に赤ん坊を抱いた貧しい身なりの女がいるのに、助けてやれないことに胸を痛めて泣いていた。手を差し伸べて人々の役に立ちたいと思っても、そうする力を永遠に失ったことが、幽霊たちに共通する苦しみであるにちがいない。

幽霊たちが霧のなかへ消えていったのか、霧が彼らを覆い隠したのか、スクルージにはわからなかった。やがて彼らの姿も声も消え、スクルージが家に帰ったときと変わらない夜がもどってきた。

スクルージは窓を閉め、マーリーの幽霊が通り抜けてきたドアを調べた。二重の錠は自分の手でしっかりと締めたときのままで、閂《かんぬき》をこじあけた跡もない。スクルージは「くだらん！」と言いかけて、最初の一音でやめた。ひどく心が揺れたせいか、一日の疲れのせいか、見えざる世界を垣間見《かいまみ》たせいか、幽霊と交わした陰鬱《いんうつ》な会話のせいか、それとも、もう遅い時間だったせいか、眠くてたまらなかった。スクルージはガウンを着たままベッドにもぐりこみ、たちまち眠りに落ちていった。

第二節　第一の精霊

スクルージが目を覚ましたとき、あたりは真っ暗で、ベッドから部屋を見まわしても、透明な窓とくすんだ壁をほとんど見分けられないほどだった。イタチのような目をじっと凝らして闇を見透かそうとしていたとき、近くの教会が十五分ごとに鳴る鐘を四回打ち、零分を知らせた。スクルージは何時かをたしかめようと耳を澄ました。驚いたことに、重厚な鐘の音は六回から七回、七回から八回と規則正しく鳴りつづけ、十二回目で鳴りやんだ。十二時！　ゆうべ眠りに就いたのは二時過ぎだったのに。あの時計はまちがっている。氷柱《つらら》が仕掛けをおかしくしたにちがいない。十二時だと！

あてにならない教会の鐘のまちがいを正そうと、スクルージは自分の二度打ち時計のばねに手をふれた。こちらも小刻みに十二回鳴って止まった。

「まさか、そんなはずはない」スクルージはつぶやいた。「まる一日、つぎの日の夜まで眠りこけていたなんて。それとも、太陽に何かあって、いまは昼の十二時だというのか！」

この考えに動揺したスクルージは、ベッドから跳ね起きて、手探りをしながら窓へ近寄った。びっしりと霜がこびりついていたので、ガウンの袖《そで》でぬぐってみたが、それでもほとんど何も見えなかった。わかることと言えば、相変わらず霧が濃く立ちこめて、ひどく寒いことと、外を行き交う人の気配がないことだけだった。夜が日の光を打ち負かして世界を乗っとったなら、人々がそこかしこを走りまわって大騒ぎになっているはずだ。スクルージはほっとひと安心した。もし数えるべき日がなくなったら、〝本為替手形の第一券に対し、一覧後三日払いの条件で、エベニーザー・スクルージまたはその指図人に支払うこと〟といった書類は、アメリカ合衆国の債券のように紙切れ同然になるのだから。

スクルージはベッドにもどって、考えに考えに考え抜いたものの、さっぱりわからなかった。考えれば考えるほど混乱する一方で、考えまいとするとよけいに考えこまずにはいられない。

マーリーの幽霊のせいで、スクルージの心はすっかり掻《か》き乱されていた。さんざん考えたあげく、あれはすべて夢だったと自分を納得させるたび、まるで強力なばねのように、思考が振り出しへと跳ね返り、同じ問題を一から考えなおす始末だった。

「あれは夢だったんだろうか、それとも現実か？」

堂々めぐりをしているうちに、教会の鐘が十二時四十五分を打ち、スクルージははっとした。一時の鐘とともに精霊が訪れると幽霊が言っていたのを思い出した。スクルージは一時が過ぎるまで起きていようと決めた。どのみち、眠りに就くのは天国へ行くのと同じくらいむずかしそうだったから、それ以上賢明な判断はなかっただろう。

その十五分はあまりにも長く、知らず識《し》らず眠りに落ちたのではないか、鐘を聞き逃したのではないかと一度ならず思ったほどだった。そしてとうとう、そばだてた耳にその音が響き渡った。

「ゴン、ゴーン！」

「十五分」スクルージは数えた。

「ゴン、ゴーン！」

「三十分」

「ゴン、ゴーン！」

「四十五分」

「ゴン、ゴーン！」

「零分ぴったりだ」スクルージは勝ち誇ったように言った。「それ見ろ、何も起こらないじゃないか！」

スクルージは時鐘が鳴りもしないうちにそう言ったが、そこに、低く、重く、虚《うつ》ろで、憂鬱《ゆううつ》なひと打ちがとどろき、一時の到来を告げた。その瞬間、まばゆい光が部屋にひらめいて、ベッドの天蓋《てんがい》のカーテンが開いた。

ベッドのカーテンを開いたのは、そう、一本の手だった。足もとのカーテンではなく、頭の側のカーテンでもなく、スクルージが顔を向けていたほうのカーテンだ。それが開くのを見たスクルージが飛びあがらんばかりに半身を起こすと、引きあけた張本人であるこの世の者ならぬ訪問客と正面から顔を突き合わせることになった。それも、いまのわたしと諸君くらいの近さだった――気持ちの上では、わたしは諸君の目と鼻の先に立っている。

奇妙な姿だった。子供のようでいて、子供よりむしろ老人のほうが近いようでもあり、何か超自然の物質を介して見ているせいで、ずっと後ろへ遠ざかって、子供の大きさにまで縮んでいるかに思えた。首のまわりや背中に垂れた髪は真っ白で、老いを感じさせる。それなのに、顔には皺《しわ》ひとつなく、肌はほんのりとバラ色に染まっている。腕はとても長く、筋肉質だ。手も同じで、こぶしを握れば並みはずれた力がありそうだ。繊細ですらりと伸びた脚には、手と同じように何もつけていない。膝《ひざ》まである純白の長衣をまとい、腰につけたベルトはつややかに美しく輝いている。手に持っているのは、青くみずみずしいヒイラギの小枝だ。その冬の象徴と不思議な対照を成すように、衣の裾《すそ》には夏の花々があしらわれている。だが、何より奇妙なのは、頭のてっぺんからまばゆく澄んだ光が勢いよく流れ出していることで、こうしていろいろと観察できるのもその光があるからだった。小脇に巨大な円錐《えんすい》形の火消し蓋《ぶた》をかかえているのは、光を使わないときに帽子としてかぶるためだろう。

ところが、スクルージが徐々に落ち着きを取りもどしてながめたところ、それさえも上まわる奇妙な点に気づいた。腰のベルトのどこかがきらめくや、輝く場所が動いて、さっき明るかったところがいまでは暗いというように、姿形がゆらゆらと変わっているのだ。腕が一本になったかと思えば、こんどは脚が一本になり、ときには二十本にもなって、また二本脚にもどり、頭が消え、頭が現れると胴体がない、という調子だった。消えていく部分は、濃い闇に溶けて輪郭すらも見えなくなる。驚いて見入っているうちに、またもとどおり鮮明に浮かびあがるのだった。

「おれのもとを訪ねてくる精霊というのは、あんたなのか？」スクルージは話しかけた。

「そのとおり！」

穏やかでやさしい声だった。すぐそばにいるはずなのに、ずっと遠くから聞こえるような、不思議なほど小さな声だ。

「あんたは何者なんだ」スクルージは訊《き》いた。

「過去のクリスマスの霊だよ」

「遠い昔の？」子供のように小さなその姿を注意深く見つめながら、スクルージは尋ねた。

「いや、きみの過去だ」

理由を問われても答えられなかっただろうが、スクルージは精霊の帽子姿をどうしても見たくなり、かぶってくれないかと頼んだ。

「なんだと！」精霊は叫んだ。「せっかく光をもたらしたのに、その俗世にまみれた手でもう消してしまうと？　人々の欲深さがこの帽子となり、それを目深にかぶるよう何年も何年もわたしに強いてきたというのに、それでもまだ足りないとは！」

スクルージは、けっして悪気はない、生まれてこのかた精霊に無理やり帽子をかぶせたことなどない、と丁重に弁解した。それから思いきって、なぜここにやってきたのかと尋ねた。

「きみの幸せのためだよ！」精霊は言った。

スクルージは、それはまことにありがたい、と礼を言いつつも、心のなかでは、だれにも邪魔されずにゆっくり夜を過ごすほうがその目的にかなっていると思わずにいられなかった。そんな心の声が聞こえたのか、精霊はすぐさまこう言い添えた。

「それなら、きみの改心のためだ。心するように！」

そう言いながら、精霊は力強い手を伸ばして、スクルージの腕をそっとつかんだ。

「立ちあがって、わたしとともに来たまえ！」

スクルージが、外を歩きまわるのにふさわしい天気でも時刻でもないとか、ベッドはあたたかいけれど温度計の目盛りは氷点を大きく下まわっているとか、いまはナイトキャップとガウンとスリッパだけの薄着だとか、おまけに風邪までひいているなどと訴えたところで、聞き入れてはもらえなかっただろう。スクルージをつかむ手は女のようにやさしかったが、とうていそれに抗《あらが》えそうもなかった。スクルージは立ちあがったが、精霊が窓へ向かうのを見て、その長衣にすがりついた。

「おれはただの人間だ」スクルージは抗議した。「落っこちてしまう」

「ちょっとそこにふれてもいいか」精霊はスクルージの心臓の上に手をあてた。「これでいまより上へ飛んでいける！」

精霊がそう言うと同時に、ふたりは壁をすり抜けて、両側に畑のひろがる田舎道に立っていた。街はすっかり消え去っている。わずかな痕跡《こんせき》すら見あたらない。闇と霧も街ごと消えてなくなり、いまはよく晴れた寒い冬の日で、地面は雪に覆われていた。「なんだ、これは！」スクルージは両手を組み合わせて、周囲を見まわした。「ここはおれの育ったところだ。少年時代をここで過ごしたんだ！」

精霊は穏やかにスクルージを見つめた。その手はほんの一瞬、軽くふれただけだったが、スクルージの胸にはまだそのやさしい感触が残っていた。あたりには懐かしい千ものにおいが漂い、そのひとつひとつが、とうの昔に忘れていた千もの思い、希望、喜び、不安と結びついている。

「唇が震えている」精霊は言った。「頬についているものはなんだ」

スクルージはいつになく声を詰まらせて、吹き出物だよ、と言った。そして、どこへでも連れていってもらいたいと精霊に頼んだ。

「この道を覚えているか」精霊は尋ねた。

「覚えてるかって！」スクルージは興奮気味に叫んだ。「目隠ししたって歩けるさ」

「それを何年も忘れていたというのは不思議な話だな」精霊は言った。「さあ、行こう」

ふたりは道を歩いていった。門、標柱、木、どれも見覚えがあるものばかりだ。やがて、遠くに小さな町が現れ、橋や教会や曲がりくねった川が見えた。ふたりに向かって毛並みの乱れたポニーが何頭か駆けてきた。背中に少年たちが乗っていて、大声でまわりに呼びかけている。相手は農民の走らせる田舎くさい二輪馬車や荷車に乗ったほかの少年たちだ。みな潑剌《はつらつ》として叫び合ったので、広大な畑はやがて楽しい音楽でいっぱいになり、凜《りん》とした空気までもがそれを聞いて笑いだした。

「これは昔あったことの影にすぎない」精霊は言った。「われわれがここにいることは、あの子たちにはわからないのだよ」

陽気な一行はこちらへ近づいてきた。近くで見ると、ひとり残らず知っている顔で、名前まで覚えていた。この子たちに会えたことが、こんなにもうれしくてたまらないのはなぜだろう。通り過ぎていく姿を見つめながら、冷たい目がきらめき、胸躍る気持ちになるのはなぜだろう。めいめいの家路に就く子供たちが、四つ角や脇道での別れ際にメリー・クリスマスと呼びかけ合うのを聞いて、心が喜びで満たされるのはなぜだろう。自分にとって、クリスマスとはなんなのか。メリー・クリスマスなど、くたばっちまえ！　よいことなど何ひとつなかったじゃないか。

「学校はまだ空っぽではない」精霊は言った。「仲間はずれにされた子がひとりで残っている」

スクルージは知っていると答えた。そして、すすり泣いた。

大通りをはずれ、よく知った小道を少し進むと、くすんだ赤い煉瓦《れんが》の屋敷が現れた。屋根には小さな風見鶏《かざみどり》をいただく丸屋根小塔《キューポラ》があり、中に鐘が吊《つ》りさげてある。大きい建物だが、ひどいありさまだ。広い台所はほとんど使われておらず、壁は湿って苔《こけ》に覆われ、窓ガラスは破れ、門は朽ちている。厩《うまや》では鶏が鳴きながらふんぞり返って歩きまわり、馬車小屋と納屋には草が野放図に生い茂っている。屋敷のなかにも、かつてのにぎわいの面影はなかった。がらんとした玄関を通り過ぎて、あけっぱなしのドアから部屋をつぎつぎとのぞいても、ろくに家具もなく、寒々しい空間がひろがっているだけだ。空気に土のにおいが混じり、冷たく殺風景なこの場所は、どういうわけか、蠟燭《ろうそく》の光で起き出さなくてはいけないことや、食べるものの乏しさを思い起こさせた。

スクルージと精霊は玄関広間を通り抜け、建物の奥にあるドアへ向かった。ドアがひとりでに開き、細長く飾り気のない陰気な部屋が現れた。質素な木の長椅子と机ばかりがずらりと並び、いっそうわびしさが際立っている。そのうちのひとつに腰かけて、さびしげな少年が弱々しい火にあたりながら本を読んでいた。スクルージは腰をおろし、ずっと忘れていたかつての自分の姿に涙した。

屋敷にひそむこだま、羽目板の裏で甲高く鳴いて走りまわるネズミ、陰気な裏庭で樋《とい》のゆるんだ氷から落ちるしずく、一本きりで立つポプラが裸の枝のあいだから漏らすため息、空っぽの納屋で虚《むな》しく揺れてはきしむ戸、それに暖炉で爆《は》ぜる炎。そんなかすかな物音のすべてがスクルージの心に落ちて、そこを柔らかく解きほぐし、涙の通り道を押しひろげていった。

精霊はスクルージの腕にふれて、読書にふける若き日のスクルージ少年を指さした。すると突然、異国の装束に身を包んだ男が窓の外に現れた。現実と見まがうほど鮮明な姿で、腰の帯に斧《おの》を差し、薪《まき》を積んだロバの手綱を引いている。

「おお、アリババだ！」スクルージは夢中になって叫んだ。「懐かしい正直者のアリババ！　そう、そう、覚えてるぞ！　いつかのクリスマス、ひとりぼっちでここにいたら、いまみたいに急にアリババが現れたんだ。あのときがはじめてだった。かわいそうに！」スクルージはつづけた。「ああ、あれは騎士ヴァレンタインと熊の子オーソンの兄弟だ（中世フランスの物語に登場する双子の主人公たち）。ほら、あそこ！　それから、名前はなんだったか、下着一丁で眠りこけたままダマスクスの城門に捨てられた男もいる。見えるだろう？　あっちは、魔神に逆さにされたサルタンの馬方だ（城門に捨てられた男とサルタンの馬方は、ともに『千夜一夜物語』「ヌル・アル・ディン・アリとその息子パドル・アル・ディン・ハサンの物語」の登場人物）。あそこで逆立ちしてるぞ！　いい気味だ。うれしいね。あいつの分際で王女と結婚しようなんてとんでもない！」

　スクルージがこんな話を大まじめに、笑うとも泣くともつかぬ奇天烈《きてれつ》な調子でまくし立てて、興奮に顔を輝かせているのを見たら、ロンドンの商売仲間たちはさぞ驚いたことだろう。

「あっ、鸚鵡《おうむ》！」スクルージは叫んだ。「緑の体に黄色い尻尾《しっぽ》、頭のてっぺんにレタスみたいなのを生やしたやつだ。あそこにいる！　ロビンソンが船で島を一周して帰ってきたら、〝かわいそうなロビン・クルーソー〟と鸚鵡が言ったんだ。〝かわいそうなロビン・クルーソー、どこへ行ってたの、ロビン・クルーソー〟ってな。夢でも見てるのかと思ったら、そうじゃなかった。鸚鵡だったってわけだ。あれはフライデーが命からがら小さな入り江へ逃げていくところだ！　おーい！　いいぞ！　おーい！」

　急に気分が変わることなど、ふだんのスクルージならありえない。ところが、こんどは突然悲しげになったスクルージは、少年時代の自分に胸を痛めて「かわいそうになあ！」と言い、また涙をこぼした。

「あのとき」袖口《そでぐち》で涙をぬぐってから、手をポケットに突っこんで、まわりを見渡しながらつぶやいた。「いや、もう遅い」

「どうかしたのか」精霊は尋ねた。

「いや」スクルージは言った。「なんでもない。きのうの夜、事務所のドアの前でクリスマス・キャロルを歌ってた少年がいた。あの子に何かやっていればよかったと思ってね。それだけだ」

精霊は思慮深そうな顔に笑みを浮かべ、手を振りながら言った。「さあ、ほかのクリスマスを見にいこう！」

それを聞いたとたん、スクルージ少年はみるみる成長し、部屋がいくぶん暗く、さらに汚らしくなった。壁の羽目板が縮んで、窓はひび割れる。天井から漆喰《しっくい》がぼろぼろと落ちてきて、木摺《きずり》の下地がむき出しになる。どうしてこんなふうになったのか、諸君がわからないのと同じように、スクルージもまったく見当がつかなかった。ただ、たしかにこのとおりだったこと、何もかもがかつて実際に起こっていたことだけはわかった。ほかの子供たちはみんな、楽しい休暇を過ごしに帰宅したのに、スクルージ少年だけは、またしてもひとりで取り残されていた。

今回は本を読んでいるのではなく、失意に打ちのめされた様子で行きつもどりつしていた。スクルージは精霊を見ると、悲しげに頭を振りながら、ドアのほうへおそるおそる目をやった。

ドアが開き、ずっと年下の女の子が飛びこんできた。少年の首に両腕をまわし、キスを何度も浴びせながら「大好きなお兄ちゃん！」と呼びかけている。

「迎えに来たよ、お兄ちゃん！」女の子は小さな両手を叩《たた》き合わせ、体を曲げて笑った。「帰ろ、帰ろ、おうちへ帰ろう！」

「うちへかい、ファン？」少年は言った。

「そう！」女の子は大はしゃぎで言った。「おうちへ帰って、それっきりにする。ずっとずっと、おうちで暮らすの。お父さんは前よりずっとやさしくなって、おうちは天国みたいなんだから！　この前の晩に、おやすみなさいの挨拶《あいさつ》をしようとしたら、とってもやさしく話しかけてくれたから、お兄ちゃんをうちに帰らせてほしいって、思いきってもう一度お願いしてみたの。そしたらお父さんは、そうだ、それがいいって。それで、あたしを馬車で迎えに出してくれた。お兄ちゃん、もう大人なのね！」女の子は目を見開いて言った。「ここへは、もうもどらなくていいの。とにかく、まずはクリスマスのあいだじゅういっしょに過ごすのよ。世界一楽しい時間になると思う」

「おまえもすっかり大人になったな、ファン！」少年は感心して言った。

女の子は両手を叩いて笑い、兄の頭にふれようとした。ところが、背が足りなかったのでまた笑い、こんどは爪先立《つまさき》ちになって兄を抱きしめた。それから子供らしいひたむきさで、少年をドアのほうへ引っ張っていった。少年はなんの屈託もなく妹に従った。

玄関広間に恐ろしい声が響き渡った。「スクルージくんの荷物をここへおろしなさい！」そして校長みずからが玄関に現れて、慇懃《いんぎん》ぶった野獣の目でスクルージ少年をにらみつけ、握手をしたので、少年は恐怖のどん底に突き落とされた。校長は、この上なく古い井戸のような寒々しい応接間へ兄妹《きようだい》を通した。壁に貼られた地図も、窓際の天球儀と地球儀も、寒さでうっすらと白くなっている。校長は、デキャンタにはいった妙に薄いワインと、妙にずっしりとした焼き菓子の塊を取り出して、このごちそうをふたりに分け与えた。同時に、やせっぽちの使用人に言いつけて、馬車の御者にも〝飲み物〟を一杯持っていかせたが、御者のほうは、お気持ちはありがたいけれど、前にいただいたのと同じものなら遠慮する、と言ってことわった。スクルージ少年の旅行鞄《かばん》が馬車の上にくくりつけられると、ふたりの子供は元気よく校長にさようならを言った。ふたりの乗りこんだ馬車は、庭の曲がりくねった馬車道を陽気に駆けていった。勢いよくまわる車輪にはじかれて、常緑樹の黒っぽい葉から霜や雪がしぶきとなって飛び散った。

「風がひと吹きすればしおれてしまいそうな、か弱い女の子だったな」精霊は言った。

「でも、心の広い子だった!」

「そうだとも」スクルージは言った。「あんたの言うとおりだ。反論するつもりはないよ、精霊殿。とんでもない!」

「大人になってから死んだ」精霊は言った。「たしか、子供が何人かいたんじゃないか」

「ひとりだけだ」スクルージは答えた。

「そのとおり。きみの甥《おい》っ子《こ》だ!」

スクルージはどこか落ち着かない様子で「ああ」とだけ答えた。

たったいま学校をあとにしたばかりだというのに、気がつくと、ふたりは街のにぎやかな大通りにいた。影のような人々が忙しく行き来し、影のような荷車や馬車が道を争っている。そこには、本物の街と変わらないあらゆる軋轢《あつれき》と喧騒《けんそう》があった。店々の飾りつけから、これもまたクリスマスの時季なのは明らかだが、いまは夜で、街灯が通りを照らしていた。

精霊はある大商店のドアの前で立ち止まり、スクルージに知っているかと尋ねた。

「知ってるさ!」スクルージは言った。「ここの見習いだったんだから」

ふたりは中へはいった。毛糸の帽子をかぶった老紳士が机に向かっていたが、ずいぶん高い机だったので、紳士の背があと五センチ高ければ、天井に頭をぶつけていたにちがいない。その姿を見るや、スクルージはうれしそうに大声をあげた。

「おい、あれはフェジウィッグさんだ！　驚いたな、フェジウィッグが生き返ったよ！」

フェジウィッグがペンを置いて時計を見ると、それは七時を指していた。両手を揉《も》み合わせ、たっぷりとした胴着を正したあと、足の先から、博愛の心が宿るとされる頭のてっぺんまで、全身を揺さぶって笑った。それから、耳に心地よく、なめらかで、のびのびとして、深みのある陽気な声で呼びかけた。

「おーい、おまえたち！　エベニーザー！　ディック！」

若者に成長したスクルージが、もうひとりの見習いとともに、軽やかな足どりでやってきた。

「ディック・ウィルキンズだよ、まちがいない！」スクルージは精霊に言った。「ああ、そうだ。たしかにあいつだ。おれにずいぶんなついてたものだよ。かわいそうなディック！　いやはや！」

「さあ、おまえたち！」フェジウィッグは言った。「今夜はもう店じまいだ。クリスマス・イブだからな、ディック。クリスマスだよ、エベニーザー！　鎧戸《よろいど》を閉めるとしよう」両手を勢いよく叩いて鳴らす。「よし、大急ぎでかかれ！」

見習いふたりの、なんとすばしこいことか！　鎧戸をかついで外へすっ飛んでいき――一、二、三――窓に鎧戸をはめこんで――四、五、六――閂《かんぬき》で固定して――七、八、九――そして十二まで数えきらないうちに、競走馬よろしく息せき切ってもどってきた。

「いいぞ！」フェジウィッグはそう叫ぶと、すばらしく軽快な身のこなしで、高い机から跳びおりた。「さあ片づけよう。ここをうんと広くあけておくれ！　そら、ディック！　ほれほれ、エベニーザー！」

片づけよう！　フェジウィッグが見守っているのだから、ふたりはなんだって片づけるつもりだし、そうできないものはどこにもない。部屋はあっと言う間にきれいになった。動かせるものはひとつ残らず、社会から永久追放とばかりにしまいこんだ。床を掃いて水を撒《ま》き、ランプの芯《しん》を切り整えて、暖炉には石炭を山盛りに積みあげた。店はたちまち、冬の夜におあつらえ向きの、ぬくぬくと心地よく、からりと明るい舞踏室へと姿を変えた。

そこへ、楽譜をかかえたフィドル弾きがやってきて、高い机までのぼって奏楽席代わりに陣どると、五十人の胃痛持ちがいっせいにうめくような装飾音を立てた。つぎに、フェジウィッグ夫人が体じゅうを特大の笑顔にしてやってきた。フェジウィッグ家の三姉妹も、愛嬌《あいきょう》を振り撒きながらやってきた。三姉妹に恋焦がれる六人の青年たちもやってきた。店で雇われた若い男女がひとり残らずやってきた。女中は、いとこのパン職人を連れてやってきた。料理女は、兄の親友の牛乳屋を誘ってやってきた。先隣の店で女主人に耳をつねられるという噂の少女がやってきて、その後ろに隠れるように、向こう隣の店主からろくに食べさせてもらっていないらしい住みこみの少年がやってきた。つぎつぎと人がやってきた。ある者は恥ずかしそうに、ある者は堂々と、ある者はしとやかに、ある者はおどおどと、ある者は押しながら、ある者は引きながら、だれも彼もが、どうにかこうにか、あらゆる集まり方でやってきた。いよいよ二十組の男女がいっせいに踊りだす。手を取り合って半分まわり、くるりと向きを変えてまたもどり、真ん中に集まってまたもどる。親しさの度合いはいろいろあれど、みな、くるくるとまわっている。まず先頭になった組は、まわるところをまちがえてばかりいる。つぎに先頭になった組は、自分たちの番が来るなり、最初から踊りはじめる。ついにはすべての組が先頭になって、後続の組がひとつもなくなった。これを見たフェジウィッグが手を叩《たた》いて踊りをやめさせ、「おみごと！」と叫んだ。黒ビールの大きなジョッキに、フィドル弾きが火照った顔を突っこんだ。こうするために、特別に用意してあったものだ。そして顔をあげたと思いきや、休む間もなく、踊り手がまだもどらないのもおかまいなしに、すぐさま演奏を再開した。まるで、さっきまでのフィドル弾きは疲れ果てて鎧戸の担架で家へ運ばれていき、代わりに新しいフィドル弾きがやってきて、あいつには死んでも負けるものかと意気ごんでいるかのようだった。

そのあとも、踊り、罰ゲーム遊び、また踊りとつづき、ケーキがふるまわれ、ニーガス酒がふるまわれ、ロースト肉の大きな塊がふるまわれ、ゆで肉の大きな塊がふるまわれ、ミンスパイ、それにビールがたっぷりとふるまわれた。けれども、この夜がいちばんの盛りあがりを迎えたのは、ロースト肉とゆで肉のあと、フィドル弾きが(なんとも抜け目がない男だ! 諸君やわたしが言わなくても、自分の役まわりをしっかり心得ているのだから!) すかさず〈サー・ロジャー・ド・カヴァリー〉(カントリーダンスの人気曲)を弾きはじめたときだった。フェジウィッグがさっと立ちあがり、夫人の手をとった。みずから先頭を買って出て、一同を相手に大役をつとめようというのだ。二十三組か二十四組が進み出たが、なかなかの強者ぞろいで、踊りたくてたまらない、適当に歩く気などまったくない人たちだった。

もっとも、たとえ組の数が二倍、いや、四倍だったとしても、フェジウィッグはだれにも引けをとらなかっただろうし、その点はフェジウィッグ夫人も同じだった。夫人こそは、あらゆる意味でフェジウィッグと番《つがい》になるにふさわしい人だった。これで褒め足りないなら、もっとよい褒めことばを教えてもらえたら、こんどはそれを使うつもりだ。フェジウィッグのふくらはぎは、たしかに光を放っているように見えた。踊っているあいだじゅう、ふたつの月のように輝いていた。つぎの瞬間に脚がどう動くのか、だれにも予想がつかなかった。こうして、フェジウィッグ夫妻は最後までみごとに踊り抜いた。前へ進み出て、またさがり、手を取り合い、フェジウィッグは腰を、夫人は膝《ひざ》を曲げてお辞儀した。それから組のあいだをぐるぐると進み、つないだ手の下をくぐらせて、もとの位置へともどったとき、フェジウィッグは高く跳びあがり、空中で足をすばやく交差させる〝カット〟を披露した——鮮やかな足さばきは、まるで脚でウィンクをしたかのようで、着地も揺るがずにきれいに決まった。

時計が十一時を打ち、この家庭的な舞踏会はお開きになった。フェジウィッグ夫妻はそれぞれドアの両側に立ち、お客のひとりひとりと握手をして、メリー・クリスマスの挨拶《あいさつ》とともに見送った。みなが帰ると、ふたりの見習いにも同じように挨拶した。こうして、にぎやかな声がだんだん消えていくと、ふたりの若者は店の奥にある勘定台の下のベッドにもぐりこんだ。

一部始終を見守っているあいだ、スクルージはわれを忘れたかのようだった。心も魂もこの場面にのめりこみ、若き日の自分と一体になっていた。起こったことすべてを確認し、すべてを思い出し、すべてを楽しみ、この上なく奇妙な興奮を覚えていた。若き日の自分とディックの生き生きとした顔が見えなくなると、ようやくスクルージはわれに返り、精霊といっしょにいたことを思い出した。精霊は頭上の光を燃えるように輝かせながら、スクルージをまじまじと見つめていた。

「たったあれだけのことで」精霊は言った。「あの間抜けな連中は、あそこまでありがたがるのだな」

「たったあれだけ！」スクルージは繰り返した。

精霊はふたりの見習いの会話を聞くよう合図した。スクルージが耳を澄ますと、ふたりはフェジウィッグのすばらしさを夢中で語り合っているところだった。精霊はつづけた。

「いや、そうではないか。あの主人が使った金など、たかが知れている。せいぜい三、四ポンドだろう。これほどまでに絶賛されるようなことかな」

「それはちがう」精霊のことばにかっとなったスクルージは、知らぬ間に若き日の自分の気持ちになって答えた。「そういうことじゃないぞ、精霊殿。あの人は、おれたちを幸せにすることも不幸せにすることもできる。仕事を軽くすることも重くすることも、楽しくすることも苦しくすることもできる。その力はことばや表情に宿っているんだよ。数えあげられないほど細かいこと、ささやかなことに宿っている。だからどうしたって？　あの人がみんなに与えてくれる幸せには、ひと財産ほどもの価値がある」

精霊の視線を感じて、スクルージは口をつぐんだ。

「どうした？」精霊は尋ねた。

「いや、別に」

「何かありそうだが」

「いや」スクルージは言った。「なんでもないさ。うちで働く事務員に、ちょっと声をかけてやったらどうかと思ってね。それだけだ」

スクルージが胸のうちを明かすのと同時に、若き日のスクルージがランプの明かりを落とした。すると、スクルージと精霊は、ふたたび外で並んで立っていた。

「もう時間がない」精霊は言った。「急ごう！」

そのことばはスクルージに向けたものではなく、姿の見えるだれかに対してのものでもなかった。たちまち効果が表れた。スクルージの前に、またしても昔の自分の姿があった。さらに歳を重ねて、働き盛りのころだ。その顔に後年のきびしく険のある皺《しわ》はまだ刻まれていなかったが、気苦労と強欲のしるしが見えはじめていた。激しい強欲をたたえて落ち着きなく動く目は、深く根をおろした執着と、それがやがて落とす影を宿していた。

その自分はひとりきりではなく、喪服姿の若く美しい女が隣にすわっていた。女の瞳《ひとみ》には涙が浮かび、過去のクリスマスの霊が放つ光を受けてきらきらと輝いていた。

「なんでもないことよね」女は静かに言った。「あなたにとっては、とるに足りないこと。わたしより大切な偶像ができたんですもの。この先、それがわたしに代わってあなたに喜びと慰めを与えられるのなら、わたしが嘆く筋合いはないのよ」

「きみに代わる偶像って？」スクルージは尋ねた。

「黄金の偶像よ」

「それが世間からの公平な扱いというわけか！」スクルージは言った。「貧乏人にはとことんつらくあたっておいて、そのくせ富を追い求めようとすると、これ以上ないほど手きびしく扱《こ》きおろすんだからな！」

「あなたは世間を恐れすぎてる」女はやさしく言った。「あなたのいろんな希望は、世間に蔑《さげす》まれたくないというただひとつの願いに呑《の》みこまれてしまったのよ。あなたの尊い志がひとつ、またひとつと失われて、金儲《かねもう》けという巨大な欲があなたを支配するようになるのを、わたしは見てきた。ちがうかしら」

「だからどうした？」スクルージは言い返した。「おれが前よりずっと賢くなったからって、それがなんだと言うんだ。きみへの思いは変わらないさ」

女は首を左右に振った。

「変わったと？」

「将来を誓い合ったのは昔のことよ。お互いに貧しかったけれど、心は満たされていて、こつこつ勤勉に働いて、いつか世間並みの暮らしができればいいと思ってた。あなたは変わってしまった。約束したころのあなたとは別人よ」

「子供だったんだ」スクルージはいらいらと言った。

「自分でも、昔とはちがうと感じてるんでしょう」女は言い返した。「わたしは変わらない。わたしたちの心がひとつだったときに幸せを約束してくれたものも、心が離ればなれになったいまでは、惨めになるだけよ。わたしがこのことをどれほど繰り返し真剣に思い悩んだか、いちいち言うつもりはない。しっかりと考えた結果、わたしはあなたを自由の身にしてあげる。それでじゅうぶんよね」

「おれが別れ話を切り出したことがあったか？」

「いえ、ことばにしたことは一度もない」

「ことばにしないなら、どうやって？」

「性格が変わったでしょう？　前とはちがう心、前とはちがう生き方、前とはちがう人生の目的が、あなたの望みを伝えてくる。あなたの目に、わたしの愛情をいくらかでも価値あるものとして見せていた何もかもが変わったの。ねえ、教えて。もしわたしたちのあいだにこの約束がなかったら」穏やかだが力強いまなざしをスクルージに向けて、女は言った。「あなたはいまでもわたしを追い求めて、心をとらえようとするかしら。いいえ、そんなことはない！」

スクルージはこの推測の正しさに思わず屈しそうになったが、どうにか言い返した。

「きみが勝手に思うだけだろ」

「わたしだって、できればこんなふうに思いたくない」女は言った。「ほんとうよ！　でも、こういう真実を知ったら、その力はとても強くて、抵抗できないの。あなたがもし、きょう、あした、きのうでもいいけれど、自由の身だったとして、持参金のない女を選ぶとは信じられない――ふたりきりで親しく過ごしてるときでさえ、何もかも金儲けに結びつけて判断する人なんだから。ほんのいっとき、ふだんの信条に反してそんな女を選んだとしても、あとできっと後悔と無念に襲われるのではなくて？　わたしにはわかるの。だから、あなたとの約束を解消します。かつて愛したあなたのために、心の底からそう望んでる」

スクルージは何か言おうとしたが、女は顔をそむけてつづけた。

「もしかしたらあなたも――昔のことを思い出すと、そうだったらいいなという気もするんだけど――つらい思いをするかもしれない。でも、それもほんの短いあいだのことで、わたしとの思い出なんて、喜んで捨て去るに決まってる。なんの得にもならない夢から目覚めてよかったってね。あなたはご自分の選んだ人生で、どうぞお幸せに！」

女は立ち去り、ふたりは別れた。

「精霊殿」スクルージは言った。「こんなものはもう見たくない！　家に帰らせてくれ。何がうれしくて、おれを苦しめるんだ」

「もうひとつあるぞ！」精霊は叫んだ。

「やめてくれ！」スクルージも声を荒らげた。「もうたくさんだ。見たくないんだよ。終わりにしてくれ！」

精霊は無情にもスクルージの両腕を押さえつけ、つぎに起こる出来事に力ずくで向き合わせた。

また別の場面、別の場所だった。たいして広くも立派でもないが、居心地のよい部屋だ。燃える暖炉のそばに若く美しい女がすわっていた。さっきと同じ女だとスクルージが思ったくらい、顔がそっくりだが、よく見ると、その人は美しく年を重ねた母親となって、自分の娘の向かいに腰かけていた。部屋のなかはひどくやかましい。動揺したスクルージにはとても数えきれないほど、たくさんの子供たちがいたからだ。四十頭の牛がたった一頭のようにそろって草を食《は》んでいるという、あの有名な詩（ウィリアム・ワーズワース「三月に歌える詩」）とちがって、この子たちはひとりひとりが四十人ぶんもはしゃぎまわっている。信じがたいほどの騒々しさだが、だれもそんなことは気にしていないらしい。それどころか、母も娘も朗らかな笑い声をあげ、心から楽しんでいる。娘のほうはまもなく遊びに加わって、幼い山賊たちに容赦なく身ぐるみ剝《は》がされてしまった。自分も仲間にはいれるなら、なんでも喜んで手放すのに、とスクルージは思った。しかし、あんな乱暴な真似はぜったいにできない。編んだ髪を崩してほどくなんて、世界じゅうの富を積まれてもできないし、あのかわいらしい小さな靴をもぎとるなんて、とんでもない！　たとえ命と引き換えだったとしてもだ。こわいもの知らずの子供たちがやってのけたような、娘の腰にふざけて手をまわすということも、とうてい無理だ。そんなことをすれば罰があたり、腕が曲がって二度とまっすぐにもどらなくなるだろう。そうは言いつつも、本音を言えば、頬を赤らめさせずに、あの唇にふれたくてたまらない。何か質問をして、唇が開くところを見たいし、伏せたままの睫《まつ》毛《げ》を見つめていたい。わずか数センチでも、値のつけられないほど貴重なあの髪をほどいて、波打つところを見ることができたらどんなにいいだろう。つまるところ、正直に言えば、何物にもとらわれぬ自由奔放な子供でありながら、その価値を理解できるほどには大人でありたいと願っている。

そのとき、ドアを叩《たた》く音が聞こえて、子供たちがいっせいに玄関へ向かって突進した。服をめちゃくちゃに乱された娘も笑いながら、真っ赤な顔で大騒ぎする弟妹たちに取り囲まれて、ドアのほうへ運ばれていき、ちょうどよく父親を出迎えた。父親は、クリスマスのおもちゃやプレゼントをいっぱいにかかえた配達人を従えていた。子供たちはわっと歓声をあげ、揉《も》み合いになりながら、なす術《すべ》もない配達人に飛びかかった！　椅子を梯子《はしご》にして体によじのぼり、ポケットに飛びこみ、茶色の紙包みを奪いとり、スカーフにぶらさがり、首に抱きつき、背中を叩き、うれしさのあまり脚を蹴《け》飛《と》ばす！　紙包みが開かれるたびに、驚きと喜びの叫び声があがる。赤ん坊が人形用のフライパンをもう少しで飲みこむところだったという、恐ろしい知らせもあった。

しかも、木の皿に糊《のり》づけされた作り物の七面鳥はもう飲んでしまったらしい！　それがまちがいだったとわかったときには、みんな心から安堵《あんど》した。喜び、感謝、快楽！　どれもことばでは言い表せない。やがて、子供たちはひとり、またひとりと、冷めやらぬ興奮とともども部屋を出ていき、階段を一段ずつあがって上の階にたどり着くや、ベッドにもぐりこんで寝静まった。

一家の主《あるじ》が、甘えてもたれかかる娘を胸に抱き、妻とともに暖炉のそばに腰をおろすのを、スクルージはこれまで以上に注意深く観察した。こんなに美しく前途有望な娘にお父さんと呼ばれ、不毛な冬を迎えた自分の人生に春をもたらしてくれたらと思うと、視界が涙でぼやけてきた。

「ベル」夫は妻に顔を向け、微笑みを浮かべて言った。「きょうの午後、おまえの古い知り合いを見かけたよ」

「だれ？」

「あててごらん」

「無理よ。ああ、待って、わかったと思う」夫につられて笑いながら、妻はすぐに答えた。「スクルージさんね」

「そう、スクルージさんだ。事務所の窓の前を通りかかったんだよ。まだ閉まっていなくて、蠟燭《ろうそく》がともっていたから、中の様子が見えてね。どうやら共同経営者が危篤らしく、ひとりですわっていたよ。ほんとうに天涯孤独なんだろうね」

「精霊殿！」スクルージはうわずった声で言った。「どこかへ連れ出してくれ」

「言ったろう、これはすべて、かつて起こったことの影なのだよ」精霊は言った。「どれもありのままなのだから、わたしのせいにしないでくれ」

「連れ出してくれ！」スクルージは叫んだ。「もう耐えられない！」

精霊を振り返ると、スクルージをじっと見つめるその顔のなかに、奇妙な形で、これまでに登場した全員の顔の断片がひしめいているのが見えた。スクルージは精霊につかみかかった。

「ほうっておいてくれ！　家に帰りたい。もう取り憑《つ》くのはやめろ！」

取っ組み合いになりながら、と言っても、精霊のほうは少しも抵抗せず、スクルージの攻撃にも平然としていたから、これが取っ組み合いと言えるとしたらの話だが、スクルージは精霊の頭の光がいよいよ高く明るく輝いているのに気づいた。これが自分に力を及ぼしているのではないかと考えたスクルージは、火消し蓋《ぶた》の帽子を奪いとって、すばやく精霊の頭に押しかぶせた。

精霊はまっすぐに崩れ落ち、火消し蓋の下にすっぽりと隠れて見えなくなった。ところが、スクルージが力のかぎりに押さえつけても、光まで隠すことはできなかった。火消し蓋の下から、光は絶えず洪水のようにあふれ出てきた。

スクルージは疲れ果て、耐えがたい眠気に襲われるのを感じた。いつの間にか自分の寝室へ帰ってきたらしい。力を振り絞り、帽子をひねって光をにじり消すと、手から力が抜けていった。スクルージはよろめきながらベッドに倒れこみ、たちまち深い眠りに落ちた。

第三節　第二の精霊

すさまじい大いびきにはっと目を覚まし、スクルージは頭のなかを整理しようとベッドに身を起こした。まもなく一時の鐘がまた鳴ることは、だれに言われなくともわかっていた。ジェイコブ・マーリーの計らいで訪れる二番目の使いと対決するという特別な目的のため、ちょうどいい時間に起こされたのだろうと思った。しかし、こんどの霊はどのカーテンを引くのかと考えはじめると、不快な寒気がこみあげたので、スクルージはみずからすべてのカーテンをあけ放った。それからふたたび横になり、ベッドのまわりにくまなく目を光らせた。精霊が現れたらその瞬間にこちらから立ち向かいたいし、不意打ちを食らって怖《お》じ気《け》づくのはごめんだった。

場数を踏んで世慣れしていることを鼻にかける自由闊達《かったつ》な紳士たちは、新奇なことへの柔軟さを示すのに、コイン投げゲームから人殺しまでなんでも来い、などと言ってみせるものだ。これら両極端のあいだに多種多様な事柄が含まれていることは疑いようもない。スクルージについて、そこまで大胆に言うつもりはないが、どんな奇怪なものが現れようと、たいがいは動じず、それこそ、赤ん坊からサイに至るまで、何が来てもあまり驚かない人間だったことは、信じてもらってかまわない。

さて、何が出ようと準備万端のつもりでいたスクルージだったが、何も出ない場合の準備はまったくできていなかった。だから、鐘が一時を打ち、なんの姿も見えなかったときには、体が激しく震えだした。五分、十分、十五分が経っても、何も現れない。そのあいだじゅう、スクルージはベッドに横たわって、燃え立つような赤い光のちょうど真ん中にいた。その光は時計が一時を告げると同時にベッドの上に差しこんできたが、ただの光にすぎないので、どういう意味なのか、何が目的なのかを理解できるはずもなく、幽霊が大群で出るよりもかえって不気味に感じられた。ひょっとしたら、これこそが興味深い人体自然発火現象（十九世紀には広く受け入れられていた）ではないかとも考えたが、そんなことは慰めにもならない。ようやくスクルージは思いついた——といっても、諸君やわたしならもっと早く思いついただろう。このような窮地においては、当人よりも第三者のほうが何をすべきかわかっていて、実行できるものと決まっている。ともあれ、スクルージもようやく、この不思議な光の原因が隣の部屋にあるかもしれないことに気づき、さらにたどってみると、そちらが輝いているように見えた。

その考えで頭がいっぱいになり、そっとベッドから起きあがって、スリッパを引きずりながらドアへ向かった。

ドアの取っ手に手をかけた瞬間、聞き覚えのない声が自分の名を呼び、中へはいるよう命じた。スクルージはそのとおりにした。

そこは自分の部屋だった。それはまちがいない。しかし、驚くべき変貌《へんぼう》をとげていた。壁と天井が本物の小さな森のように青々とした植物に覆われ、つややかなベリーの実がいたるところできらめいている。ヒイラギ、ヤドリギ、ツタの張りのある葉が光を照り返し、無数の小さな鏡をちりばめたかのように見える。暖炉の火が煙突でうなり声をあげ、自分が住んでいるあいだはもちろん、マーリーの時代にも、それより前の幾多の冬にも、この炉床の地味な化石が経験したことのない勢いで燃え盛っている。床の上にはさまざまなものが王座のような形に積みあげられている。七面鳥、鵞《が》鳥《ちょう》、狩りの獲物、鶏、豚肉の煮こごり、骨つき肉、子豚の丸焼き、長く輪に連なったソーセージ、ミンスパイ、プラムプディング、樽《たる》入りの牡蠣《かき》、熱く炒《い》った栗、サクランボ色の頰をしたリンゴ、みずみずしいオレンジ、かぐわしいナシ、豪勢な十二夜ケーキ（クリスマスの十二日〈後に食べるケーキ〉）。ぐつぐつ煮えるパンチ酒の鉢もたくさんあって、部屋をおいしそうな湯気で曇らせている。この王座には、立派な姿の陽気そうな巨人がゆったりと腰かけていた。豊饒《ほうじょう》の角（ゼウスに授乳したと伝えられる山羊の太い角）を思わせる松明《たいまつ》を高く掲げ、ドアの陰から中をのぞきこんでいたスクルージを真っ赤な炎で照らした。

「はいれよ！」巨人は叫んだ。「さあ、はいって！　よく知り合おうじゃないか！」

スクルージはびくびくしながら進み出て、精霊の前で首を垂れた。これまでの強情さは影をひそめている。精霊の目は澄んでいてやさしそうだったが、目を合わせる気にはなれなかった。

「おれは現在のクリスマスの霊だ」精霊は言った。「よく見てみろ！」

スクルージはうやうやしく顔をあげた。精霊がまとっているのは深緑色のマントのような質素な衣で、白い毛皮でふちどりがされている。ゆったりとした衣で、人工物で守ったり隠したりするのを潔しとしないかのように、幅広の胸がむき出しだ。幾重もの襞《ひだ》がついた裾《すそ》から、裸の足がのぞいている。頭にはヒイラギの冠を載せているだけだが、きらめく氷柱《つらら》がそこかしこに見える。焦げ茶色の巻き毛は長く、気まぐれに揺れている。穏やかな表情、輝く瞳《ひとみ》、開いた手、朗々たる声、くつろいだ動き、楽しげな態度。そのどれもが伸びやかで自由だった。腰には古風な鞘《さや》をつけているが、中に剣はなく、鞘は錆《さび》だらけだ。

「おれみたいなのに会うのは、はじめてなんだろ！」精霊は大きな声で言った。

「はじめてだ」スクルージは答えた。

「おれの家族の若いやつらと、いっしょに歩いたこともないのか？　と言っても（おれはすごく若いから）、ここ数年のあいだに生まれた兄たちのことなんだが」精霊はつづけた。

「ないと思う」スクルージは答えた。「残念ながら、ないな。兄弟がたくさんいるのか、精霊殿」

「千八百人以上はいるよ」精霊は言った。

「そんな大家族じゃ、養うのが大変だ」スクルージはつぶやいた。

現在のクリスマスの霊は立ちあがった。

「精霊殿」スクルージはおとなしく言った。「どこへでもお望みの場所へ連れていってくれ。ゆうべは無理やり連れていかれたが、何やら学んだらしく、いまも効いてる。今夜も何か教えてもらえるなら、自分の役に立てようと思う」

「おれの衣につかまれ！」

言われたとおり、スクルージは精霊のマントをしっかりとつかんだ。

ヒイラギ、ヤドリギ、ベリーの実、ツタ、七面鳥、鵞鳥、狩りの獲物、鶏、豚肉の煮こごり、骨つき肉、子豚、ソーセージ、牡蠣、パイ、プディング、果物、パンチ酒などなど、すべてが一瞬にして消え去った。それと同時に、部屋も、暖炉も、赤い光も、夜さえも消えてなくなり、ふたりはいま、クリスマスの朝の街路に立っていた。

(あいにくの天気だったので)人々が家の前の道の雪かきや屋根の雪おろしをしていて、荒々しくも軽快で耳に心地よい音楽を奏でていた。屋根から雪がどさりと落ちるたび、人工の小さな吹雪が起こるのを見て、男の子たちが大喜びで叫んでいた。

なだらかな層になった屋根の白い雪や、地面のやや汚れた雪と比べて、家々の壁はずいぶん黒ずんで見えたが、それにも増して黒いのが窓だった。地面に積もった雪は、荷車や馬車の重い車輪にえぐられて、深い轍《わだち》を刻んでいる。大通りの分岐では、何百もの轍が交差し、黄土色の粘ついた泥や氷水のなかで、たどることがむずかしい複雑な水路を描いている。空はどんよりとし、短い袋小路には半ば解けて半ば凍った霧が立ちこめている。そのなかの重い粒子が煤《すす》混じりの雨となって降り注ぐさまは、イギリスじゅうの煙突が申し合わせていっせいに火を噴き、心ゆくまで燃え盛ろうとしているかのようだった。この天気にも街にも、心躍るものは何もないはずなのに、あたりには、この上なくすがすがしい夏の空気や燦々《さんさん》と輝く夏の太陽さえもかなわない、明るい空気が漂っていた。

その証拠に、屋根で雪おろしをする人々がなんとも楽しげに浮かれ騒いでいた。手すり壁につかまって互いに呼び交わし、ときにふざけて雪玉を投げ合って――口から飛び出す冗談よりはるかに質のよい飛び道具だ――命中すれば腹をかかえて笑い、あたらなくてもやはり笑い転げている。鳥肉屋はまだ店じまいせずに半分あいているし、果物屋に至っては、いまが栄光のときとばかりに輝いている。栗の盛られた大きな丸《まる》籠《かご》は、愉快な老紳士のはち切れそうな胴着に似て、戸口にもたれかかっているのもあれば、太りすぎて卒中でも起こしたのか、通りへ転がり出たのもあった。赤茶色の顔をして腰まわりの太いスペインタマネギは、よく太ってつやつやして、まるでスペインの托鉢《たくはつ》僧のようで、少女たちが通り過ぎると、棚の上からいたずらにウィンクしては、天井に吊《つる》されたヤドリギをすまし顔で見やっている。ナシやリンゴは、栄華をきわめたピラミッドのようにうずたかく積まれている。店の目立つところにブドウが幾房も吊《つ》られているのは、道行く人々が無料でよだれを垂らせるようにという、気前のよい店主の計らいだった。くすんだ茶色の殻がついたハシバミの実も盛られていて、そのにおいを嗅《か》げば、森を散歩した遠い日の記憶や、足首まで落ち葉に埋もれて摺《す》り足《あし》で歩く心地よい感覚がよみがえるのだった。ノーフォーク産の焼きリンゴはずんぐりした形で浅黒く、オレンジやレモンの黄色と並んで鮮やかに映えている。汁気を凝縮してあるのが売りで、紙袋に入れて持ち帰り、食後に食べてくださいとみずから頼みこんでいる。選《え》りすぐりの果物に囲まれて、ガラス鉢のなかの金魚でさえ、淀《よど》んだ血の流れる生き物なりに、ふだんとちがう雰囲気を察しているかのようだ。鈍く熱気のない興奮を感じながら、そろって口を開閉して、小さな世界を泳ぎまわっている。

この食料品店！ このにぎわい！ もう半ば店じまいをして、鎧戸《よろいど》が一、二枚あいているだけなのに、その隙間から見える光景ときたら！ 秤《はかり》が勘定台に押しつけられて、愉快な音を立てるだけではない。紐《ひも》が巻き芯《しん》から勢いよく繰り出され、缶入りの商品が軽く鳴りながら曲芸のように空中を飛び交い、紅茶とコーヒーの混じり合った香りが鼻腔《びこう》をくすぐり、上等な干しブドウが山と盛られ、皮をむいたアーモンドはどこまでも白く、シナモンの棒はまっすぐで長く、ほかのさまざまな香辛料は魅力あふれる香りを漂わせ、砂糖漬けの果物は分厚い衣をまとってまだら模様だ。どんなに無関心な通りすがりの者でさえ、まずは気が遠のいて、ついには癪《しゃく》に障るほどだった。イチジクは水分をたっぷり含んで柔らかく、フランス産のプラムは華やかな飾り箱からほどよい酸味で赤らめた顔をのぞかせ、何もかもが食べごろを迎えてクリスマスの装いで待ちかまえている。お客たちはみな、きょうという一日への期待に胸をふくらませ、大あわてでやってきては、戸口でぶつかり合って籐《とう》の籠を派手につぶしたり、買ったものを勘定台に置き忘れたり、走って取りにもどったり、ほかにも似たようなへまをきわめて上機嫌で繰り返す。片や店主と店員たちは、気前よくきびきびと働きつづけ、エプロンで光り輝くハート形の留め具は、ご覧になりたければどうぞ、クリスマスの鴉《からす》にもつつかせましょう（シェイクスピア『オセロ』第一幕のイアーゴーの台詞のもじり）、とばかりに取り出してみせた本物の心臓かもしれなかった。

だが、まもなく街じゅうの塔の鐘が鳴り響き、教会や礼拝堂へ行く時間だと告げると、善良なる人々が連れ立って、いちばん上等な服ととびきりの笑顔でやってきた。それとともに、そこかしこの裏通りや路地や名もない曲がり角から、パン屋のかまどで焼いてもらおうと、クリスマスのごちそうをかかえた人々が続々と現れた。貧しい人々がこうして浮かれ騒ぐ様子に強く心を引かれたのか、精霊はスクルージとともにパン屋の入口に立つと、焼き皿を持った人が通るたびに覆いをあけて、松明《たいまつ》の香りをその上に振りかけた。それは世にも不思議な松明だった。押し合いへし合いする人々が何度か言い争いになったときも、精霊が松明のしずくを頭に数滴かけてやると、たちまちもとの上機嫌にもどったのである。クリスマスに喧嘩《けんか》だなんてみっともない、と人々は言った。そうだとも！　ほんとうにそのとおりだ！

そうこうするうちに鐘の音がやみ、どのパン屋も店じまいをした。それでもまだ、かまどの上には雪が解けて大きな染みができ、たくさんのごちそうができていくさまがあたたかい影となって透けて見えていた。道路からも湯気が立ちのぼり、まるで敷石まで焼かれているようだった。

「松明から振りかけてるものには、特別な香りがあるのか」スクルージは尋ねた。

「そうとも。おれ特製の香りさ」

「クリスマスのどんなごちそうにも合うと？」

「心のこもった料理なら、何にでも合う。貧しい人たちの食べ物には、特にぴったりだ」

「なぜ貧しい人たちなんだ」

「いちばん必要としている人たちだからさ」

「精霊殿」スクルージは少し考えてから言った。「あれこれの世界のあらゆる存在のなかで、なぜよりによってあんたが、人々から罪のない楽しみを取りあげようとするんだ」

「おれが？」精霊は大声で言った。

「日曜になるたびに、貧しい人たちから食べる手立てを奪おうとしてる。ましな食べ物にありつける、週にただ一度の日だというのに。そうだろう？」

「おれがそんなことを？」精霊はまた大声で言った

「日曜は安息日だからって、パン屋やほかの店を閉めさせようとしてるじゃないか（一八三〇年代に、日曜日の労働や娯楽を禁じる「日曜日遵守法案」が議会に提出された）」スクルージはつづけた。「そうなれば、貧しい人たちは食べられなくなる」

「このおれが閉めさせるって？」精霊はさらに大声で言った。

「まちがってたら謝るよ。でも、そういうことは、あんたかご親族の名のもとにおこなわれるものでね」スクルージは言った。

「おまえが暮らす世界には」精霊は答えた。「おれたちの知り合いだなどと言い張って、自分の欲望、傲慢《ごうまん》、悪意、憎しみ、妬《ねた》み、強情さ、身勝手からやったことを、おれたちの名で正当化しようとする者がいるが、そんなやつらはおれの親族縁者のだれとも関係ない。それを忘れるな。責められるべきはそいつらであって、おれたちじゃないんだ」

スクルージは、忘れないと約束した。ふたりはこれまでと同じく、ほかのだれにも見えない姿のまま、町の郊外にやってきた。驚くべきことに（スクルージはパン屋で気づいたが）、精霊は巨体を持ちながらどんな場所へも楽々とはいっていくことができた。せま苦しい部屋のなかでも、超自然の存在らしく自在に過ごす姿は、天井の高い大広間にいるのと変わらなかった。

自分の力を見せつけるのが楽しかったのか、それとも、やさしく鷹揚《おうよう》であたたかな性格と貧しき人々を思いやる心に導かれたのか、精霊は衣につかまったスクルージを連れて、まっすぐにスクルージの事務員の家へ向かった。玄関の前まで来ると、精霊は微笑んで立ち止まり、松明のしずくを振りかけて、ボブ・クラチットの家を祝福した。ここでよく考えてみたまえ。ボブの稼ぎは週にわずか十五ボブ（シリングの俗称）しかない。土曜日ごとに、自分の名前がついた硬貨がたった十五枚、ポケットにはいるだけだ。それでも現在のクリスマスの霊は、この四部屋きりの小さな家をためらいもなく祝福したのである！

そこへ、クラチット夫人がめかしこんだ恰好《かっこう》で現れた。二度も裏返して仕立てなおした粗末な服だが、あしらったリボンのほうは、六ペンスの安物にしてはなかなか立派に見えた。夫人は、同じく派手なリボンをつけた次女のベリンダ・クラチットの手を借りて、テーブルクロスを敷いていた。かたわらでは、長男のピーター・クラチットが鍋《なべ》のジャガイモにフォークを突き刺しながら、大きすぎるシャツの立ち襟が口にはいるのもかまわず（このシャツはもともとボブの私有財産だったが、クリスマスの贈り物として跡取り息子に譲っていた）、堂々たる装いでいるのがうれしくて、社交界の人々が集まる公園へ行ってこの上等な品を見せびらかしたいものだ、と思っていた。そこへ弟と妹が飛びこんできて、パン屋から鵞鳥《がちょう》のいいにおいがしたけれど、あれはぜったいにうちのだ、と騒ぎ立てた。鵞鳥の腹に詰まったセージとタマネギのおいしい詰め物を思い浮かべながら、ふたりは有頂天でテーブルのまわりを跳ねまわり、ピーターの新しいシャツを大いにほめそやした。当のピーターは（シャツのせいで窒息しそうになりながら、自慢することもなく）火に息を吹きかけつづけたので、のんびりしていたジャガイモもぐつぐつ煮えだして、早くここから出して皮をむいてくれと言わんばかりに、鍋の蓋《ふた》に騒々しくぶつかった。

「おまえたちの父さんはどこにいるんだろうね」クラチット夫人は言った。「それにティム坊やも。マーサだって、去年のいまごろはとっくに帰ってきてたのに！」

「マーサならここよ、母さん！」そう言いながら、娘がひとりはいってきた。

「マーサだよ、母さん！」ちびっこふたり組も大声で言った。「わあい！　きょうはすっごい鵞鳥があるんだよ、マーサ！」

「まあ、おかえり。ずいぶん遅かったじゃないの！」クラチット夫人は娘にキスを十回以上浴びせながら、世話を焼きたくてたまらずに、ショールとボンネット帽をはずしてやった。

「ゆうべ、終わらせなくちゃいけない仕事が山ほどあって」マーサは言った。「けさは片づけだったのよ、母さん」

「いいんだよ、こうやって帰ってきたんだもの」クラチット夫人は言った。「火のそばにおすわりよ、しっかりあたたまらなくっちゃね、ほんとうに！」

「だめだめ！　父さんが来た」あちこち移動して大忙しのちびっこふたり組が叫んだ。「隠れてよ、マーサ、隠れて！」

マーサが隠れたちょうどそのとき、小柄な父親のボブが帰ってきた。首に巻いた襟巻きは、房の部分を抜きにしても、一メートル近く垂れさがっている。着ているものは粗末だが、つくろったりブラシをかけたりして、なんとかクリスマスらしい装いに見せていた。その肩に乗っているのは、ちっちゃなティム坊やだ。かわいそうに、ティムは小さな松葉杖《まつばづえ》をかかえていて、両脚には鉄の枠がはめられている！

「おや、マーサはどうした」ボブ・クラチットは部屋を見まわした。

「来られないんですって」夫人は言った。

「来られないって！」ボブの元気は、たちまちしぼんだ。教会からずっとティムの馬になり、後ろ脚で立ったかのように勢いよく駆けてきたのだから、無理もない。「きょうはクリスマスなのに！」

ちょっとした冗談だったとはいえ、がっかりする父の姿を見るに忍びなかったマーサは、クローゼットの後ろから早々と姿を現して、ボブの腕に飛びこんだ。ちびっこふたり組はティム坊やを洗い場へ引っ張っていき、洗濯用の湯を沸かす大きな銅釜《どうがま》でプディングがぐつぐつと歌うのを聞かせてやった。

「それで、ティム坊やはお行儀よくできた？」クラチット夫人は、すぐだまされるんだからと言ってボブをからかい、ボブが娘を心ゆくまで抱きしめたのを見届けてから尋ねた。

「いい子にしてたよ」ボブは言った。「いや、それ以上だ。ずっとひとりですわってるからか、深く考えるようになったみたいで、聞いたこともないような不思議なことを思いつくんだ。教会からの帰り道、こう言われたよ。教会で、みんながぼくに気づいてたらいいなって。ぼくの脚が不自由なのを見て、イエスさまが脚の悪い物乞《ものご》いを歩けるように、目の見えない人たちを見えるようにしてくださったことを、クリスマスに思い出せればすてきだろうってね」

そう話すボブの声は震えていて、ティム坊やはじょうぶな強い子に育っているよと言ったときには、さらに震えていた。

小さな松葉杖が元気よく床を鳴らす音がした。だれもことばを継がないうちに、ふたり組に付き添われたティム坊やが帰ってきて、火のそばの椅子に腰かけた。ボブは腕まくりをして（かわいそうに、ただでさえ汚らしい服がもっと汚くなるとでも思ったのか）、熱い飲み物をこしらえようと、水差しにジンやレモンを入れて掻《か》き混ぜてから、暖炉の火にかけた。そのあいだ、ピーターと神出鬼没のふたり組は鵞鳥を取りに出ていき、まもなく隊列を組んで誇らしげにもどってきた。

このあとにつづく一家の大騒ぎを見れば、きっと諸君は、鵞鳥とはよほど珍しい鳥だと思うことだろう。この羽の生えた驚異の逸品に比べたら、黒い白鳥など珍しくもなんともない――そのくらい、この家では大事件だったわけだ。クラチット夫人は（小鍋にあらかじめ用意しておいた）グレービーソースを熱々になるまで煮立て、ピーターは猛烈な勢いでジャガイモをつぶし、ベリンダはアップルソースに甘みをつけ、マーサはあたためた皿をきれいに拭《ふ》き、ボブはテーブルの隅の自分の隣にティム坊やをすわらせた。ちびっこふたり組はみんなの椅子を、もちろん自分たちのぶんも忘れずに並べ、それからめいめいの席で見張りにつくと、鵞鳥を取り分けてもらう順番を待ちきれずに叫ばないよう、スプーンを口いっぱいに詰めこんだ。いよいよテーブルの上に料理がそろい、家族は食前の祈りを唱えた。つづいて、クラチット夫人が肉切り包丁を端から端まで注意深くながめまわすのを、全員が固唾《かたず》を呑《の》んで見守った。夫人が包丁を鵞鳥の胸に突き刺し、お待ちかねの詰め物がどっとあふれ出ると、一同はいっせいに喜びの声を漏らした。ティム坊やでさえも、大興奮のふたり組につられてナイフの柄でテーブルを叩《たた》き、か細い声で「やったあ！」と言った。

　これほどまでにすばらしい鵞鳥がかつてあっただろうか。ボブが、これは世界一うまい鵞鳥にちがいない、と言った。柔らかくて風味がよく、そのうえ大きさの割に安いと、みなが口々に褒めたたえた。アップルソースとマッシュドポテトを添えれば、家族全員がじゅうぶんにお腹を満たせる量があった。それどころか、クラチット夫人が嬉々《きき》として（皿に残ったちっぽけな骨のかけらをしげしげと見ながら）言ったとおり、全部は食べきれなかった！　それでも、みんなが腹いっぱい食べて、特にちびっこふたり組は、眉毛《まゆげ》までセージとタマネギまみれになった！　つづいて、ベリンダが新しい皿を用意するあいだに、クラチット夫人がひとり席を立ち――緊張のあまり、だれにも見られたくなかったらしい――プディングを取りに出ていった。

　生焼けだったらどうする？　ひっくり返すのに失敗したら？　みんなが鵞鳥に夢中になっている隙に、だれかが裏庭の塀を乗り越えて、盗んでいったら？　最後のは、ちびっこふたり組が思いついたことで、顔が真っ青になっていた。ありとあらゆる恐ろしいことが考えられた。

　うわあ！　一気に噴きあがる蒸気！　プディングが銅釜から取り出される。洗濯の日のにおいだ！　プディングを包んでいる布のにおいだった。食堂とお菓子屋が隣同士に並んでいて、そのまた隣に洗濯女が住んでいるみたい！　そう、それがプディングだった。クラチット夫人は三十秒でもどってきた。頬を紅潮させて、誇らしげな笑顔だ。プディングは、まるでレーズンの斑点《はんてん》がついた砲弾のようだった。固くずっしりと重く、ほんの少し振りかけて火をつけたブランデーの炎が揺らめいて、てっぺんにはクリスマスのヒイラギが飾ってあった。

ああ、なんとすばらしいプディング！　ボブ・クラチットは穏やかな声で、これは結婚以来、きみが成しとげたなかで最大の偉業だと言った。クラチット夫人は、肩の荷がおりたいまだから正直に言うけれど、粉の量をどうしたらいいか不安だった、と打ち明けた。みながそれぞれに感想を述べたが、大家族が食べるにしては小さいプディングだなんて、だれも言わなかったし、心に思い浮かべすらしなかった。そんなばかばかしいことをするはずがない。クラチット家の者なら、そんなことを少し口に出しただけでも、真っ赤になって恥じ入ったことだろう。

食事がすっかりすむと、テーブルクロスが片づけられ、暖炉が掃かれて新しい火が熾《おこ》された。水差しの飲み物を味見したところ、これがまた完璧《かんぺき》な出来栄えだ。リンゴとオレンジがテーブルに出され、シャベルに山盛りの栗が火のなかに置かれた。それから、クラチット家の全員が、ボブ・クラチットが円と呼ぶ形、つまり半円の形になって暖炉のまわりにすわった。ボブの脇には、家じゅうのグラスが並んでいた。といっても、タンブラーがふたつに、持ち手のないカスタードカップがひとつだけだ。そんなものでも、金の杯にも劣らないほどに、水差しから注がれる熱い飲み物をしっかり受け止めた。暖炉の栗がにぎやかに爆《は》ぜる音を聞きながら、ボブはにこやかな顔で飲み物をついでまわった。そして、乾杯のことばを述べた。

「みんな、メリー・クリスマス。神さまの祝福がありますように！」

家族全員がこれを繰り返した。

「かみさまのしゅくふくが、みんなにありますように！」ティム坊やが最後に言った。

ティム坊やは父親のすぐそばで小ぶりな椅子にすわっていた。その弱々しく小さな手を、ボブは自分の手のなかに握りしめていた。この子が愛《いと》おしくてたまらない、いつまでもそばに置いておきたいと願いながら、いつか奪い去られるのを恐れているかのように。

「精霊殿」スクルージはこれまで感じたことのない思いに駆られて尋ねた。「ティム坊やは長生きできるのか」

「空っぽの席がひとつ見える」精霊は答えた。「粗末な暖炉の隅だ。それに、持ち主のいない松葉杖が大事に残されているのも見える。未来の手でこの影が変えられぬままなら、あの子は死ぬだろう」

「いや、だめだ」スクルージは言った。「だめだよ、親切な精霊殿！　あの子は助かると言ってくれ」

「未来の手でこの影が変えられぬままなら」精霊は答えた。「おれたち一族の者があの子をここで見ることは二度とないだろう。だが、それがどうした？　死ぬものならば、死ねばいい。余分な人口が減るだけではないか」

精霊が自分のことばを引き合いに出すのを聞いて、スクルージはうなだれ、深い後悔と悲しみに打ちのめされた。

「いいか」精霊は言った。「おまえが石ではなく、人の心を持ち合わせているなら、何が余分で、どこにその余分があるのかを知りもしないくせに、底意地の悪い説教などは慎むことだ。だれが生きてだれが死ぬべきか、おまえが決めるつもりか？　神の目から見れば、この貧乏人の子供のような何百万の命より、おまえのほうがよほど価値のない、生きるに値しない命かもしれないぞ。おお、神よ！　葉の上を這《は》いまわる虫けらが、土にまみれて飢える兄弟たちを、余分などと切り捨てることがあろうとは！」

精霊の叱責《しっせき》に、スクルージはただ首を垂れ、目を伏せて震えるばかりだった。そのとき、自分の名前が呼ばれるのを聞いて、スクルージははっと顔をあげた。

「スクルージさんに乾杯！」ボブが言った。「このごちそうをくださった恩人はスクルージさんだ」

「ごちそうをくださったとは、よく言ったものね！」クラチット夫人は顔を真っ赤にして言った。「ここにいてもらえばよかったのよ。あたしがどんな気持ちでいるか、ごちそう代わりに山ほど聞かせてやったのに。さあどうぞ、お腹いっぱい召しあがれって」

「おいおい」ボブは言った。「子供たちの前だよ。せっかくのクリスマスじゃないか」

「ええ、クリスマスにちがいないでしょうよ。あんなに憎たらしくて、けちで、頑固で、冷酷なスクルージさんのために、健康を祈って乾杯する日なんだから。そういう人だって、あなたもわかってるでしょ、ロバート！　あなたがいちばん知ってるのに、なんて気の毒な人！」

「よそうよ」ボブは穏やかに言った。「クリスマスなんだから」

「きょうという日に免じて、スクルージさんの健康をお祈りしましょう」クラチット夫人は言った。「あなたのためであって、スクルージさんのためじゃない。どうか長生きなさいますように！　メリー・クリスマス、そして、よいお年を！　さぞ愉快に、幸せにお過ごしになるんでしょうよ！」

母親につづいて、子供たちも乾杯した。こんなに心のこもっていないのははじめてだった。いちばん最後に乾杯したティム坊やも、まったく気乗りしない様子だった。この一家にとって、スクルージは鬼だった。その名前が出ただけで、一家の顔には暗い影が落ち、まる五分は拭《ぬぐ》い去れなかった。

その影がようやく消えたとき、悪鬼スクルージの話はもうおしまいと安心した一家は、これまでの十倍もにぎやかになった。ボブ・クラチットは、ピーターのために目をつけている勤め口があって、もし決まれば毎週五シリングと六ペンスの収入になるだろう、と話して聞かせた。ちびっこふたり組は、ピーターが仕事をはじめると思うとおかしくて、盛大に笑い転げた。当のピーターは、大きな襟のあいだから神妙な面持ちで暖炉の火を見つめ、そんな途方もない収入を得たら何に投資しようかと思案しているようだった。婦人帽子店で見習いをしているマーサは、自分がどんな仕事をしているかや、何時間ぶっとおしで働くのかや、あしたは休みで家にいられるから、寝坊してのんびりするつもりだということを話した。それから、何日か前に伯爵夫人とその息子を見かけ、息子のほうは〝ピーターと同じくらいの背丈だった〟と付け加えた。ピーターはそれを聞いて、シャツの襟をうんと高く引っ張ったので、その場にいても顔を見ることはできなかっただろう。こうした団欒《だんらん》のあいだじゅう、栗と飲み物が何度も何度もまわされた。やがて一家は、雪のなかをさまよう迷子の歌をティム坊やに歌わせた。悲しげで弱々しい声だったが、ティム坊やはそれを実に上手に歌ってみせた。

この光景に、特に見栄えする何かがあるわけではない。この一家は顔立ちが端整でもないし、身なりはみすぼらしいし、靴にはすぐ水が染みてきそうで、着るものもじゅうぶんではない一家だ。ピーターなら、質屋にどんな品物がはいっているか、きっと知っているにちがいない。それでも、みな幸せで、感謝の気持ちを具《そな》え、とても仲がよく、この瞬間に満足していた。別れのときが来て、影がだんだんと薄れていくときも、精霊が松明《たいまつ》から振りかけるしずくのきらめきのなか、いっそう幸せそうに見える一家を、スクルージはじっと見つめつづけた。中でもティム坊やからは、最後まで目を離すことができなかった。

すでにあたりは暗くなりかけ、雪が降りしきっていた。スクルージと精霊が通りを進んでいくと、台所や客間やいろいろな部屋の暖炉でさかんに火が焚《た》かれ、まばゆく壮観だった。こちらでは、揺れる炎に照らされて、楽しい食事の支度が進められていた。たくさんの皿が炉の前で念入りにあたためられ、寒さと闇をさえぎるためにまもなく深紅のカーテンが引かれようとしている。あちらでは、子供たちがわれ先にと雪のなかへ走り出て、結婚して家を出た姉さん、兄さん、いとこ、おじさん、おばさんを出迎えている。もう一度こちらに目をやると、窓の日よけに、集まった客たちの影が映し出されている。あちらにいる美しい娘たちは、そろって頭巾《ずきん》に毛皮の半長靴という装いで、いっせいにおしゃべりをしながら、近所の家へ軽い足どりで出かけていくところだ。その家で、頬を火照らせてやってくる娘たちを目にする独身男の哀れなことよ！　抜け目ない美女たちは、自分が見られているのをよく承知しているのだから。

こんなにもおおぜいの人々が、親しい仲間たちとの集いへ出かけていくなら、みんな出払って、迎えてくれる人がひとりもいないのではないかと思えるが、実際にはどの家もお客を待ちわびて、煙突の高いところまで火を焚いている。家々を祝福しながら、精霊は大はしゃぎした！　広い胸をむき出しにして、大きな手のひらをいっぱいに開き、ふわりと宙に浮かびながら、手の届くかぎりあらゆるものに、明るく無邪気な笑いを惜しみなく振り撒《ま》く。夕暮れの街につぎつぎと明かりをともして前を走っていく点灯係は、今宵《こよい》をどこかで過ごすためにめかしこんでいるらしく、精霊が近くを通ると大声で笑った。もっとも、ほかにもうひとり仲間がいることには、ちっとも気づいていなかっただろう。

　そしていま、精霊からひとことの説明もないまま、ふたりは寂寞《せきばく》たる荒れ野に立っていた。ごつごつした巨岩があちこちに転がる光景は、まるで巨人たちの墓場のようだ。水は望むがままに流れひろがり、いや、流れひろがっていたはずのところを、いまは寒さに捕らえられて身動きできずにいた。生えているのは、苔《こけ》とハリエニシダと雑草ばかりだ。西の地平では、沈む太陽が残していった真っ赤な筋が、怒った目のようにしばし荒れ地をにらみつけ、しかめ面で低く、低く、低く沈んでいって、ついには真っ暗な夜の分厚い闇に呑《の》みこまれた。

「ここはどこかな」スクルージは訊《き》いた。

「鉱員たちの暮らすところだ。大地のはらわたで働く者たちだよ」精霊は答えた。「でも、みんな、おれのことを知っている。見ろ！」

　小屋の窓から光が漏れていて、ふたりはそこへ向かってすばやく飛んでいった。泥と石でできた壁を通り抜けると、にぎやかな一団が赤々と燃える火を囲んでいた。ずいぶん高齢の夫婦と子供たち、子供たちの子供たち、またその子供たちが、華やかな晴れ着に身を包んでいる。老人は不毛の地に吹きすさぶ風にほとんど声を掻《か》き消されながらも、クリスマスの歌を歌っていた。老人がまだ子供だったころの古い歌で、ところどころ全員が加わって合唱した。みなが大声で歌うと、老人も元気づいて声を張りあげ、みなが歌うのをやめると、老人の勢いもしぼんだ。

精霊はそこに長居はせず、スクルージを衣につかまらせると、荒れ野の上空を大急ぎで渡っていった。どこへ行くのか。まさか海では？　ああ、やはり海だった。背後を振り返ると、恐ろしい岩々の連なる陸地の果てが見えて、スクルージはぞっとした。雷のような波音が耳を聾《ろう》する。波は逆巻き、咆哮《ほうこう》し、みずから掘った不気味な洞窟《どうくつ》の合間をのたうちまわり、地底をえぐろうと牙《きば》をむいていた。

海岸から何キロか離れたところに、一年じゅう怒濤《どとう》に揉《も》まれる岩礁があり、その上に灯台が一基、ぽつんと立っていた。灯台の裾《すそ》には海藻が大量にからまり、嵐の申し子である海鳥の群れ――海草が海から生まれたように、風から生まれたような鳥たち――が、羽をかすめる波のうねりそっくりに、灯台のまわりを上へ下へと飛び交っていた。

こんなところでも、ふたりの灯台守が火を焚いていて、分厚い石壁のまるい小窓から、ひと筋の光が恐ろしい海を照らしていた。ふたりは粗末なテーブル越しに向かい合うと、節くれ立った手を握り交わし、メリー・クリスマスの祝いに、ブリキのカップについだグロッグ酒で乾杯した。年長の灯台守の顔は、きびしい天候に痛めつけられて傷だらけで、古い船首像を思わせる。その男がいきなり歌を歌いはじめた。疾風そのもののような、力強い歌だった。

精霊はふたたび飛び立つと、黒くうねる海の上をどこまでも、どこまでも猛スピードで進んでいき、やがて、どの岸からも遠く離れたところまで来たとスクルージに教えた。ふたりは沖に浮かぶ一隻の船に舞いおりた。ふたりのかたわらには操舵手《そうだしゅ》、船首に立つ見張り番、当直の士官らがいて、それぞれが持ち場につく姿は、暗くぼんやりとした影のようだったが、それでもめいめいがクリスマスの歌を口ずさんだり、クリスマスのことを考えたり、故郷に思いをはせながら、過ぎし日のクリスマスの思い出をひそひそ声で同僚に語ったりしていた。乗組員のなかには、起きている者も寝ている者も、善人も悪人もいたが、きょうという日には、だれもがやさしいことばをかけ合って、お祝い気分をいくらかでも分かち合った。だれもが、遠く離れた地にいる大切な人を思いながら、相手も自分のことをうれしく思い起こしているのを知っていた。

風のうめき声を聞きながら、死ほども深い神秘をたたえた未知の蒼海《そうかい》の上を、孤独な闇に包まれて進んでいくのは、なんとおごそかな気持ちがするものか——そんなことを考えていたとき、朗らかな笑い声が響くのを聞いて、スクルージは一驚を喫した。そのうえ、声の主がほかならぬ自分の甥《おい》で、いつの間にか自分が明るくあたたかい部屋にいて、そばでは精霊が微笑みながら満足そうに甥を見つめているのに気づいたときには、ますます仰天した。

「はっはっ！」甥は笑った。「はっはっはっ！」

もし万が一、諸君がスクルージの甥よりも笑いに恵まれた人を知っているというなら、わたしもぜひ会ってみたいものだ。紹介してもらえれば、親交を深められる。

病や悲しみも伝染するが、笑いと上機嫌ほど人にうつりやすいものも、この世にひとつとしてない。これは物事の釣り合いを公平に保つための気高い仕組みだ。スクルージの甥が腹をかかえ、頭を揺すり、顔をくしゃくしゃにして笑うと、結婚してスクルージの姪《めい》になったその妻も腹の底から大笑いした。集まった友人たちも、すかさず豪快な笑い声をあげた。

「はっはっ！　はっはっはっはっ！」

「クリスマスなんてくだらないってさ、ほんとうだよ！」スクルージの甥は言った。

「それにあの人、本気でそう思ってるんだ！」

「よけいにあきれた話ね、フレッド！」スクルージの姪は憤然として言った。こういうご婦人たちに幸あれ。何事も中途半端にできないのである。いつだって真剣そのものだ。

とてもかわいらしい、とびぬけてきれいな人だった。えくぼがあって、驚いたような、すてきな顔立ち。赤くふっくらした小ぶりな唇は、キスをされるために創られたようだ――ああ、そうに決まっている。顎《あご》のあたりには愛らしい小さな点々があって、笑うと溶け合ってひとつになる。晴れやかでまぶしい目ときたら、ほかのどんな可憐な顔を探してもけっして見つかるまい。つまるところ、腹立たしいほどの美人というわけだが、申し分ない女性でもある。そう、まったく申し分ないとも！

「おもしろいじいさんだよ」スクルージの甥は言った。「それはほんとうさ。それにしちゃ、あんまり感じがいいとは言えないけどね。ただ、ああいう態度でいるせいで、自分も痛い目に遭ってるんだから、あれこれ責めるつもりはないな」

「とってもお金持ちなのよね、フレッド」スクルージの姪は皮肉めいた口ぶりで言った。「あなた、いつもわたしにはそう言ってる」

「だからどうだって言うんだ」甥は答えた。「いくらお金があったって、なんの意味もないよ。何かに役立てる気はないし、快適な暮らしを送るつもりもないんだ。いつかぼくたちに譲ってやろうと考えて満足するなんて――はっはっはっ！　そんなはずがない」

「わたし、あの人にはもう我慢ならないのよ」スクルージの姪は言った。姪の妹たちも、その場にいたほかのご婦人たちも、口々に同意した。

「ぼくは平気さ」スクルージの甥は言った。「かわいそうな人だと思うんだ。どうがんばっても、怒る気にはなれない。あんなふうにへそを曲げて、苦しむのはだれだ？　いつだって自分自身じゃないか。こんどだって、ぼくたち夫婦をただ毛ぎらいして、うちへ食事にも来ない。その結果がどうだい？　まあ、たいしたごちそうを食べそこなったわけでもないけど」

「とんでもない、とびきりのごちそうを食べそこなったのよ」スクルージの姪はさえぎって言った。全員がそのとおりだと言ったが、ちょうど夕食を終えたところだから、審査員としては資格じゅうぶんだった。テーブルにはデザートが出され、ランプの明かりのなか、一同は暖炉のまわりに集まっていた。

「そうか。それを聞いて安心した」スクルージの甥は言った。「近ごろの若い奥さまがたはどうも信用ならないからね。きみはどう思う、トッパー」

トッパーはスクルージの姪の妹たちの一方に目をつけているらしく、自分はわびしい独身男だから、この件に関して意見を述べる資格がないと答えた。それを聞いて、姪の妹――バラの花をつけているほうではなく、レースの襟飾りをつけたぽっちゃりのほう――が顔を赤らめた。

「つづけてちょうだい、フレッド」スクルージの姪は手を叩《たた》きながら言った。「いつも、言いかけたことを終わりまで言わないんだもの。ほんとうにおかしな人！」

スクルージの甥はふたたび盛大に笑いだした。ぽっちゃりの妹は気つけ用の香り酢を嗅《か》いで感染から身を守ろうとしたが、無駄な抵抗であり、一同はまた笑いの渦に巻きこまれた。

「ぼくが言いたかったのは」甥は言った。「ぼくたちをきらって、クリスマスをいっしょに祝わないせいで、あの人は楽しいひとときを逃してるってことなんだ。いっしょにいても何も損しないのにね。あの古くて黴《かび》くさい事務所や、ほこりだらけの部屋で自分の考えに閉じこもってるより、愉快なことがたくさんあるのにちがいないのにさ。本人がいやだろうがなんだろうが、ぼくは毎年同じチャンスをあげるつもりだよ。気の毒だからね。死ぬまでクリスマスを叩きつづけるかもしれないけど、毎年毎年、ぼくが上機嫌で押しかけて、〝スクルージ伯父《おじ》さん、調子はどうです〟って言いつづければ、いやでも気が変わるんじゃないかな。ぼくはやりつづけるよ。あのかわいそうな事務員に五十ポンドでも遺《のこ》してやる気になったら、それだけでもたいしたものだろう。それに、きのうはあと少しで口説き落とせそうだったんだ」

スクルージを口説き落とすという考えに、こんどは一同が笑う番だった。根っからのお人好《ひとよ》しのフレッドは、とにかくみなが笑っているなら、なぜ笑っているかは気にしなかったので、愉快な騒ぎを進んで盛りあげようとして、うれしそうに酒をまわした。

お茶のあとは音楽の時間だった。この家族は音楽一家で、重唱も輪唱も自在にやってのけた。そのなかでトッパーは、額に青筋を立てたり顔を真っ赤にしたりせずに、バスのうなり声を巧みに響かせた。スクルージの姪はハープを上手に弾き、演奏した曲の数々のなかにはごく単純な小曲も交じっていた（二分もあればすぐ口笛で吹けそうな、ささやかな曲だ）。それは、過去のクリスマスの霊がよみがえらせたあの女の子、寄宿学校にスクルージを迎えにきたあの女の子が好んで歌っていた曲だった。この旋律が響いたとき、あの精霊が見せてくれたもののすべてが脳裏に浮かびあがった。スクルージの心はどんどんほぐれていった。この曲を前からたびたび耳にしていれば、ジェイコブ・マーリーを埋めた墓守の鋤《すき》に頼らなくても、みずからの幸福のためにみずからの手で心を耕し、慈愛の心を育てられたのかもしれない、と思った。

だが、この家族はひと晩じゅう音楽に興じていたわけではない。しばらくすると、罰ゲーム遊びがはじまった。たまには童心に帰るのもよいものだし、きょうほどそれにふさわしい日もない。何しろ、クリスマスの偉大なる創始者ご自身が幼子でいらっしゃったのだから。いや、待てよ！　最初にやったのは目隠し鬼だった。もちろん、そうだ。トッパーがきちんと目隠しをしていたと言われても、靴に目がついていたと言われるのと同じくらい、眉唾物《まゆつばもの》だった。思うに、トッパーとスクルージの甥とで示し合わせていて、現在のクリスマスの霊もそれを承知していたのだろう。トッパーがあのレースの襟飾りをしたぽっちゃり娘を追いかけまわすさまは、信じやすい人の心に付けこむあきれたふるまいとも言えた。火《ひ》搔《か》き棒を蹴《け》飛《と》ばし、椅子につまずき、ピアノにぶつかり、カーテンがからまって息を詰まらせながらも、トッパーはぽっちゃり娘の行く先々へ突進していった。ぽっちゃり娘がどこにいるのか、ずっとわかっていたのだ。ほかのだれも捕まえようとはしなかった。わざとぶつかって、立ちはだかった者も何人かいたが、トッパーは無礼にも、捕まえようとするしぐさだけ見せて、ぽっちゃり娘のほうへそれていくのだった。卑怯《ひきよう》よ、とぽっちゃり娘は何度も叫んだが、まったくそのとおりだった。しかしついに、トッパーは娘をつかまえた。絹のドレスをさらさらと鳴らし、身をひるがえして逃げまどう娘を、とうとう部屋の隅に追いつめたのである。そのあとのトッパーのふるまいときたら、実にけしからんものだった。だれをつかまえたのか見当もつかないふりをし、確認のために髪飾りに手をふれたばかりか、念には念を入れようと指輪を指に押しつけ、ネックレスを首に巻いてやりさえした。なんと恥知らずな、極悪非道の若者だ！　鬼が交代になったとき、ふたりはカーテンの陰に隠れて何やらこっそり話しこんでいたが、ぽっちゃり娘がうんと説教してやったにちがいない。

スクルージの姪《めい》は目隠し鬼に参加せず、居心地のよい片隅で大きな椅子に身を沈め、足をスツールに載せてくつろいでいた。精霊とスクルージはそのすぐ後ろに立っていた。罰ゲーム遊びになると姪も輪に加わり、恋人の長所をＡＢＣ順にあげていくゲームでは、アルファベットのすべてを使って、みごとな恋文を読んでみせた。〝どんなふうに、いつ、どこで〟のことばあてクイズでも、才気煥発《さいきかんぱつ》なところを見せつけて、妹たちに圧勝し、スクルージの甥《おい》をひそかに喜ばせた。トッパーに尋ねればわかるだろうが、妹たちだって、なかなか頭の切れる強者《つわもの》だったのだ。その夜は若者から年寄りまで二十人ほどが集まっていたが、ひとり残らず、スクルージまでもがゲームに参加した。目の前の出来事に夢中になるあまり、自分の声がみんなに聞こえないことはすっかり忘れて、思いついた答をときどき大声で叫んでは、しばしば正解した。自分では鈍いと思いこんでいたが、針孔《めど》で糸が切れないと折り紙つきの、ホワイトチャペル産の最高級の縫い針でも、スクルージの鋭さにはかなわなかった。

そんなふうに興奮するさまを見た精霊がとても喜んで、あたたかいまなざしを向けたので、スクルージは子供のように、客たちが帰るまでいさせてほしいとせがんだ。それはできない、と精霊は答えた。

「ほら、つぎの遊びだ」スクルージは言った。「あと三十分でいいんだ、精霊殿。三十分だけ！」

それは〝イエス・アンド・ノー〟といって、スクルージの甥が何かを頭に思い浮かべ、ほかの参加者がそれを言いあてるゲームだった。みなの質問に対し、甥はイエスかノーのどちらかで答える。矢継ぎ早に質問が浴びせられ、どうやら何かの動物らしいことがわかってきた。それは生きた動物で、かわいげがなく、乱暴で、怒鳴ったりうなったりし、たまにことばも話し、ロンドンに生息していて、通りを歩きまわり、見世物《みせもの》ではなく、つながれているわけではなく、動物園にはおらず、食肉にはならず、馬でもロバでもなく、雌牛でも雄牛でもなく、虎、犬、豚、猫、熊でもない。新しい質問が向けられるたび、スクルージの甥は噴き出して大笑いした。あまりのおかしさに腹をかかえて笑い転げ、たまらずにソファーから立ちあがって、足をどんどん踏み鳴らす始末だ。そこでようやく、いっしょになって笑い転げていたぽっちゃりの妹が声をあげた。

「わかった！　やっとわかった、フレッド！　ぜったいまちがいない！」

「答は？」フレッドは叫んだ。

「スクルーーーージ伯父さん！」

大あたりだった。なるほど、とだれもが感嘆したが、〝それは熊？〟の問いには〝イエス〟と答えなきゃいけなかったのに、と抗議する声もあがった。みなの考えがスクルージのほうへ向いていたのに、あそこでノーと言われたから、答から遠ざかってしまったというわけだ。

「伯父さんのおかげで、ずいぶん楽しめたなあ」フレッドは言った。「これで伯父さんの健康を祈って乾杯しなかったら、恩知らずもいいところだ。ちょうどぼくらの手もとに、ホットワインのグラスがある。スクルージ伯父さんに乾杯！」

「そうだ！　スクルージ伯父さんに！」一同はそろって言った。

「どんな動物にも、メリー・クリスマス、それに、よいお年を！」甥は言った。「ぼくに言われたって聞き入れないだろうけど、とにかくこの祈りが届きますように。スクルージ伯父さんに乾杯！」

当のスクルージ伯父さんは、いつの間にか浮き浮きと軽い気分になっていたので、精霊が時間を与えてくれさえすれば、相手には見えなくてもお返しに乾杯し、聞こえなくてもお礼を述べたいところだった。けれども、甥が最後のひとことを言い終わらないうちに、その場の光景はたちまち消え去った。スクルージと精霊はまた移動をはじめた。

多くを見て、ずいぶん遠くまで行き、たくさんの家庭を訪ねたが、どれも決まって幸せな結末を迎えた。精霊が枕もとに立てば、病人は元気を取りもどした。異国に舞いおりれば、人々は故郷を近くに感じた。苦難にあえぐ人々は、大きな希望をいだいて耐えることができた。貧しい者は豊かになった。救貧院、病院、監獄、ありとあらゆる不幸の隠れ場でも、つかの間の権勢に思いあがった愚か者が戸を閉ざして締め出さないかぎり、精霊は祝福を与えてまわり、スクルージに教訓を与えた。

ずいぶん長い夜だったが、ほんとうに一夜だけの出来事だったのだろうか。スクルージには信じられなかった。ふたりで旅してきた時間のなかに、何日にもわたるクリスマスの祝いがすべて詰めこまれていた気がした。スクルージの外見は少しも変わらないのに、精霊が明らかに年老いていくのも不思議だった。スクルージはその変化に気がついたものの、口には出さなかった。けれども、十二夜を祝う子供たちの集いを見物して外へ出たとき、髪が白くなっているのを見て、こう尋ねた。

「精霊殿の命はそんなに短いのか」

「この世ではとても短いんだ」精霊は答えた。「今夜かぎりの命だよ」

「今夜だって！」スクルージは叫んだ。

「今夜の十二時までだ。よく聞け。もうその時が迫っている」

　鳴り響く鐘の音は十一時四十五分を知らせていた。

「こんなことを訊《き》いていいかどうかわからんが」スクルージは精霊の衣をじっと見て言った。「あんたの衣の裾《すそ》から、あんたの体じゃないような、何やら妙なものが突き出てる。足なのか、それとも鉤爪《かぎづめ》か」

「鉤爪かもしれないな、あまり肉がついていないから」精霊は悲しそうに答えた。

「見ろ」

　衣の襞《ひだ》のあいだから、精霊は子供ふたりを前に押しやった。みすぼらしく、汚らしく、醜く、無残な姿をしている。子供たちは精霊の足もとに膝《ひざ》を突き、裾にしがみついた。

「おお、人間よ！　これを見るがいい。そう、足もとのこれを！」精霊は荒々しく叫んだ。

　男の子と女の子だった。黄ばんで骨と皮ばかりの体にぼろをまとい、しかめ面で、狼のように残忍そうでありながら、卑屈に打ちひしがれてもいる。ほんとうなら、しなやかな若さが体じゅうを満たし、みずみずしい色で染めているはずなのに、老人のように生気のない萎《しな》びた手につねられ、ひねられ、引き裂かれたかのようだ。天使たちの御座があるはずのところには、悪魔が忍びこんで恐ろしい顔でにらみつけている。あらゆる神秘に満ちた創造の手によって、人間がどれほど変化し、衰退し、堕落しようとも、生み出される怪物の恐ろしさはせいぜいこの半分だろう。

スクルージは驚愕《きょうがく》してあとずさった。こうして見せられたのだから、かわいい子供たちだな、ぐらいは言わなくてはと思ったが、見え透いた嘘に加担するのはごめんだとばかり、ことばが喉《のど》につかえて出てこない。

「精霊殿、あんたの子なのか」スクルージはやっとそれだけ言った。

「人の子だよ」精霊はふたりを見て言った。「親から逃れておれにすがっている。男の子は〈無知〉、女の子は〈欠乏〉だ。このふたりや同類たちにくれぐれも用心することだ。特に男の子には注意しろ。額に〈破滅〉と書いてあるのが見えるだろう。その文字が消されないかぎりな。どうだ、ちがうと言ってみろ！」手を街のほうへ伸ばして、精霊は叫んだ。「おまえにそれを告げようとする者を、中傷したければするがいい。自分勝手な都合でそれを許し、さらに事を悪くしたいなら、そうすればいい。

そして、来たるべき結果を待つがいい！」

「この子たちをかくまってくれるところや、助けてくれるところはないのか」スクルージは訴えた。

「監獄があるのでは？」精霊の最後の答は、かつてスクルージ自身が言ったことばだった。「救貧院は？」

鐘が十二時を告げた。

スクルージが見まわすと、すでに精霊の姿はなかった。鐘の最後のひと打ちが鳴りやんだとき、スクルージはジェイコブ・マーリーの予言を思い出した。目をあげると、長い衣で全身を覆い、頭巾《ずきん》をかぶったおごそかな幻が、地面を這《は》う霧のようにこちらへ向かってくるのが見えた。

第四節　最後の精霊

幻はゆっくり、おごそかに、音もなく忍び寄ってきた。すぐ近くまで来たとき、スクルージは力を失ってひざまずいた。精霊の体から憂愁と神秘が放たれているように感じたからだ。

精霊は漆黒の衣に身を包んで、頭も顔も体も覆い隠し、目に見えるのは差し伸ばした片手だけだった。その手がなければ、姿を夜から切り離して周囲の闇と見分けることはできなかっただろう。

精霊がそばに立つと、背が高く堂々とした気配が感じられ、その不可解な存在感は、スクルージの胸を畏怖《いふ》の念で満たした。精霊は何も言わず、動きもしなかったので、それ以上のことは何もわからなかった。

「そこにいるのは未来のクリスマスの霊なのか」スクルージは尋ねた。

精霊は答えず、ただ手で前方を指し示した。

「まだ起こっていないが、これから起こる出来事の影を、いまから見せてくれるんだろうか」スクルージはつづけた。「そうなのか、精霊殿」

衣の上のほうが、ほんの一瞬、襞のなかで縮み、精霊がうなずいたように見えた。得られた答はそれだけだった。

幽霊との付き合いにもかなり慣れたとはいえ、この物言わぬ存在のあまりの恐ろしさに、スクルージの両脚は震え、あとについていこうにも、立つことさえままならなかった。精霊はその様子を見ていったん立ち止まり、落ち着くための時間を与えた。

だが、そのせいでスクルージはかえって動揺した。自分が懸命に目を凝らしても、見えるのはぼんやりとした片手と大きな黒い塊だけだというのに、その薄黒い衣の奥から幽霊の目が自分をじっと見つめていると思うと、得体の知れない恐怖に身がすくんだ。

「未来の精霊殿！」スクルージは叫んだ。「これまでに会ったどの幽霊よりも、あなたは恐ろしい。しかし、このおれのために来てくれたのはわかっているし、おれもこれからは心を入れ替えて生きていくつもりだから、どこへでも喜んでお供するし、感謝しようと思ってる。それでも、何も話してもらえないのか」

精霊は答えなかった。その手はふたりの前方をまっすぐに指している。

「連れてってくれ！」スクルージは言った。「頼むよ。夜はあっと言う間に過ぎるが、自分にとって貴重な時間なのはわかってる。さあ、精霊殿！」

精霊は来たときと同じように離れていった。スクルージはその衣の影を追ったが、まるで影に抱きあげられ、宙を運ばれていくように感じた。

街にはいった感覚はほとんどなかった。むしろ、街のほうが忽然《こつぜん》と湧いて出て、そのまま自分たちを取り巻いたかのようだった。ふたりは街の中心部にある王立取引所で、商人たちにまぎれて立っていた。せわしなく行き来したり、ポケットの硬貨を鳴らしたり、群がってことばを交わしたり、懐中時計を見たり、大きな金の印章を思案顔でいじったりする彼らの姿は、スクルージにとって見慣れたものだった。

精霊は商人たちが何人か集まったところの近くで立ち止まった。その手が一同を指しているのを見たスクルージは、近づいて会話に耳をそばだてた。

「さあねえ」でっぷりと太って、巨大な顎《あご》の目立つ男が言った。「どっちにしても、くわしいことは知らないんですよ。死んだってことだけで」

「いつ死んだのかね」別の男が訊いた。

「きのうの夜ですよ」

「そりゃまた、いったい何があったんだろう」三人目がそう言って、ばかでかい嗅《か》ぎ煙草入れからたっぷりひとつまみを取り出した。「あれは不死身なんだと思ってたが」

「わからんもんですなあ」巨大な顎の男があくびをして言った。

「財産はどうなりました」赤ら顔の紳士が言った。鼻の頭にぶらさがったいぼが、七面鳥の肉垂《にくだれ》のように揺れている。

「聞いてませんなあ」巨大な顎の男は二度目のあくびをして言った。「たぶん組合にでも遺《のこ》したんでしょう。このわたしには遺してくれませんでしたよ。それだけはたしかだ」

この冗談に一同はどっと笑った。

「ずいぶん安い葬式になるでしょうねえ」巨大な顎の男は言った。「どう考えても、参列する者がいるとは思えない。どうです、ひとつわれわれで出てやるというのは？」

「食事が出るなら、かまいませんぞ」鼻にいぼをぶらさげた男が言った。「行くからには、食事つきでないと」

ふたたび笑いが起こった。

「どうやら、いちばん欲のないのはわたしかもしれませんなあ」巨大な顎の男は言った。「会葬御礼の黒手袋も食事もいただく気はありませんよ。もっとも、ほかにもどなたかお出かけなら、わたしも行きますよ。こうして考えてみると、わたしがあの男といちばん親しい人間でなかったとも言いきれない。会えばいつでも立ち話をしたものですよ。それじゃ、失敬！」

話し手も聞き手もぶらぶらと歩きだし、ほかの群れへまぎれていった。どれも顔見知りの男たちだったので、スクルージは説明を求めて精霊の顔を見た。

精霊は通りへと滑り出た。指さしたほうを見ると、ふたりの男が語り合っていた。事情がわかるかもしれないと、スクルージはまた耳を澄ました。

この男たちのこともスクルージはよく知っていた。どちらもかなりの資産家で、大変な有力人物だ。スクルージはこの男たちにいい印象を与えようとつねに心がけていた。印象というのは、商売の観点にかぎったものだ。

「やあ、どうも」

「どうです、調子は？」

「そう言えば」最初の男が言った。「あの悪魔がついにくたばったようですな」

「聞きましたよ」もうひとりが言った。「しかし、きょうは冷えますな」

「クリスマスですから、こんなものでしょう。スケートはなさいますか」

「いえ、やりません。いろいろと忙しくてね。では、ごきげんよう！」

それだけだった。会ってから別れるまでの会話のすべてだ。

スクルージははじめ、精霊がこんなたわいない会話に重きを置いたことを意外に思ったが、隠れた意味があるにちがいないので、それはいったいなんだろうかと考えをめぐらした。元共同経営者のジェイコブの死に関係があるとは思えない。あれは過去のことで、この精霊が司《つかさど》っているのは未来なのだから。とはいえ、直接の知り合いで、いまの話にあてはまる人物を思いつくわけでもなかった。しかしスクルージは、それがだれのことであろうと、自分にとっての何かの教訓が隠れていると信じ、耳にしたこと、目にしたもののすべてを取りこもうと心に決めた。特に、自分自身の影が現れたら、しっかり観察することにした。未来の自分のふるまいから、これまで見落としていた手がかりを得て、この謎を一気に解決できるかもしれないと思ったからだ。

あたりを見まわして、自分自身の姿を探したが、いつも自分が立っている隅には別の男がいた。時計は、ふだんなら自分が来ているはずの時刻を指しているのに、入口から続々と押し寄せる人波のなかに、それらしい姿は見あたらない。それでも、スクルージはたいして驚かなかった。いままでとはちがう人生を心に描いていたので、この未来は自分の新しい決意が実を結んだものだと受け止め、そう願ってもいたからだ。

沈黙と闇のなか、精霊はスクルージのそばに立って、片手だけを差し出していた。思索からわれに返ったとき、スクルージは精霊の手の向きや自分との位置関係から、

〝見えざる目〟に観察されている気がしてならなかった。戦慄《せんりつ》と悪寒が襲ってきた。

ふたりは喧騒《けんそう》を離れ、薄暗い界隈《かいわい》へはいっていった。どんなところかは知っていたし、悪い評判も耳にしていたが、足を踏み入れるのははじめてだった。道は不潔でせまく、店や家はみすぼらしく、人々は半裸で、酔っぱらって、だらしなく、醜い。脇道やアーチの下をくぐる小道は、どこもかしこも汚水溜《だ》めのようで、悪臭や汚物や不快な生き物をそこかしこの通りへ吐き出している。この地区の隅々にまで犯罪と汚穢《おわい》と貧困があふれていた。

この悪名高い貧民窟《ひんみんくつ》の奥深く、突き出た差し掛け屋根の下に、入口の低い一軒の店があり、鉄くず、ぼろ布、瓶、骨、脂身、臓物などを買いとっていた。店の床には、錆《さ》びついた鍵《かぎ》、釘《くぎ》、鎖、蝶番《ちょうつがい》、やすり、秤《はかり》、重り、ほかにもありとあらゆる種類の鉄ごみがうずたかく積まれている。汚らしいぼろきれの山、腐った脂の塊、墓場さながらの骨塚の近くでは、だれも穿鑿《せんさく》されたくない秘密が育《はぐく》まれ、隠されている。このような商品に埋もれながら、古い煉瓦《れんが》造りの木炭ストーブのそばに、七十歳近い白髪頭の老人がすわっていた。外の寒さをさえぎろうと、雑多なぼろ布でできた黴《かび》くさいカーテンを綱で渡し、静かな隠居生活を満喫するかのように悠然とパイプを吹かしていた。

スクルージと精霊が老人に近づいたそのとき、重そうな包みをかかえた女が、こそこそと店へはいってきた。するとまもなく、同じように荷物をかかえた別の女がやってきた。さらに、こんどは色あせた黒服姿の男が現れた。女たちは顔を突き合わせて面食らい、男のほうもふたりを見て驚いている。三人は呆気《あっけ》にとられて口もきけず、パイプの老人も茫然《ぼうぜん》としていたが、すぐにどっと笑いだした。

「そりゃあ、掃除女がいちばん先さ！」最初の女が言った。「で、洗濯女は二番目に来るし、葬儀屋は三番目と決まってるよ。ねえ、ジョーじいさん、これがめぐり合わせってやつだろ！　そんなつもりはなかったのに、三人がここでばったり会うなんてさ」

「ばったり会うのに、こんないい場所はねえぞ」ジョーじいさんはパイプを口から離して言った。「居間へあがんな。おまえさんは昔っから出入り自由だし、そっちのふたりも知らねえ顔じゃねえしな。ちょっと待て、いま店を閉めるから。ああ！　やたらとキーキーいう！　店じゅう探したって、この蝶番より錆びた鉄はねえだろうよ。わしの骨より古い骨もな。はっはっ！　わしらはみんな、自分にぴったりの職に就いた似合いの者同士ってことよ。さあ、居間へ行くんだ。さあ、居間へあがんな」

居間というのは、ぼろカーテンで仕切った後ろの空間のことだった。老人は階段の絨毯《じゅうたん》を押さえるのに使っていた古い棒で火を掻《か》き集め、くすぶっていたランプの芯《しん》をパイプの柄で落とすと（夜だったのだ）、パイプを口にくわえなおした。

老人がそうしているあいだに、最初の女は包みを床にほうり投げ、椅子に腰をおろした。膝《ひざ》の上で両肘《りょうひじ》を組み合わせ、挑みかかるようにほかのふたりをにらんでいる。

「かまやしないだろ！　そうじゃないかい、ディルバーのおかみ」女は言った。「だれだって、自分で自分の面倒を見る権利があるんだからさ。あの野郎はいつもそうだったよ！」

「ほんと、そのとおりだ！」洗濯女が言った。「それにかけちゃ、あいつの右に出る者はいないよ」

「だったら、そんなにびくびくして突っ立ってんじゃないよ。だれにもばれやしないんだから。まさか、お互い、足を引っ張ろうってんじゃないんだろ？」

「まさか！」ディルバーのおかみと男が口をそろえた。「そんなこと、するもんじゃない」

「なら、けっこう！」女は声を張りあげた。「これで文句なしだ。これっぽっちのものがなくなったからって、だれも困りゃしないさ。死人には関係ないことだよ」

「そりゃそうだね」ディルバーのおかみは笑い声をあげた。

「死んでも手放したくなけりゃ」女はつづけた。「あのしみったれのくそじじい、もっと人並みに暮らしときゃよかったのさ。そうすりゃ、いよいよ死ぬってときに、面倒を見てくれる人くらいあったろうし、ひとりぼっちでくたばらずにすんだんだから」

「ほんとに、あんたの言うとおりだ」ディルバーのおかみは言った。「天罰がくだったんだねえ」

「もうちょっと重い罰でもよかったくらいだよ」女は言った。「まったく、もっとがっぽりいただくもんがありゃ、うんと重くしてやったとこさ。ジョーじいさん、包みをあけて、いくらになるか教えとくれ。はっきり言ってもらってかまわない。先陣を切るのはこわくないし、見られたって平気だよ。ここで会わなくたって、勝手にあれこれくすねてることくらい、お互い、よくわかってたはずさ。別に罪ってほどじゃないんだ。さ、あけとくれ、ジョーじいさん」

とはいえ、ほかのふたりの勇者もだまってはいなかった。結局、色あせた黒服の男が一番手をつとめ、自分の戦利品を取り出した。たいした量ではない。印章がひとつかふたつ、鉛筆入れが一個、カフスボタンがひと組、安物のブローチがひとつ、それで全部だ。ジョーじいさんは品物をひとつひとつ調べて値踏みしてから、値段をチョークで壁に書いていき、もう何も出てこないとわかると、数を足して合計を出した。

「おまえさんにはこの額だ」ジョーじいさんは言った。「丸ゆでにされたって、これ以上は六ペンス一枚だって出さねえ。さ、つぎはだれだ？」

ディルバーのおかみの番だった。シーツにタオル、衣類が少し、古びた銀のティースプーンが二本、角砂糖ばさみがひとつ、靴が二、三足。合計金額が同じように壁に書かれた。

「いつもご婦人には甘くしすぎるんだ。この弱みのせいで身を滅ぼしちまうんだよな」ジョーじいさんは言った。「これがおまえさんの合計だ。あと一ペンスでもほしがって、この額にけちをつけてみろ。こんなに気前よくしてやったのを考えなおして、半クラウン差っ引くからな」

「つぎはあたしのを見とくれ、ジョーじいさん」最初の女が言った。

ジョーじいさんは包みを開きやすいように膝を突くと、結び目をいくつもほどき、何やら黒っぽい、ぐるぐる巻きの大きくて重い布を引っ張り出した。

「なんだ、こりゃあ？」ジョーじいさんは言った。「ベッドのカーテンじゃねえか」

「そうだよ！」女は笑い、腕組みをしたまま前かがみになって言った。「ベッドのカーテンさ！」

「まさか、あいつがベッドに横たわってるっていうのに、金具ごとはずして持ってきちまったのか」ジョージいさんは言った。

「そのとおり」女は答えた。「いけないかい」

「おまえさんには金儲《かねもう》けの才能があるよ。そのうち大成功するぜ」

「手を伸ばせばつかめるものがあるってときに、みすみすあきらめたりしないよ。あんな男のためなんかには、誓ってごめんさ」女は平然と言い放った。「ちょっと、毛布に油をこぼさないでおくれよ」

「あいつの毛布かい」ジョージいさんは訊《き》いた。

「ほかにだれがいるってんだい」女は言った。「毛布がなくたって、風邪ひくわけじゃあるまいし」

「伝染病で死んだんじゃねえだろうな。どうなんだ」ジョージいさんはそう言うと、手を止めて視線をあげた。

「心配要らないよ」女は言った。「ただでさえ近寄りたくない相手なのに、もしそうだったら、こんなちんけな品物のためにうろついたりするもんか。ああ！　そのシャツはね、目が痛くなるほど調べてくれてかまわない。穴ひとつないし、擦り切れたところもないんだから。あいつの持ち物でいちばんいいし、なかなか上等な品さ。あたしのおかげで、無駄にされずにすんだってもんだ」

「無駄にするって？」ジョージいさんは尋ねた。

「それを着せて埋めちまうってことだよ」女は笑いながら答えた。「どっかのばか者がそうするところだったのを、あたしがまた脱がせたのさ。こういうときに役立てなきゃ、平織りの綿布なんかほかに使いようがないじゃないか。あいつにはぴったりお似合いだったよ。平織りだろうが高級品だろうが、醜いことには変わりないんだから」

恐怖に打たれつつ、スクルージはこの会話に聞き入った。老人のランプが放つ弱々しい光のなかで、盗みの品々を囲んで坐《ざ》する一同の姿を見つめていると、異様なまでの嫌悪がこみあげてきた。たとえ彼らが死体を売りさばく悪魔であっても、これほど不快にはならなかっただろう。

「はっはっ！」金のはいったフランネルの袋から、ジョージいさんがそれぞれの取り分を数えて床に置くと、女は甲高く笑った。「どうだい、これがあいつの成れの果てさ！　生きてるうちに人をおどかして寄せつけなかったせいで、死んだらあたしたちの儲けになったってわけ！　はっはっはっ！」

「精霊殿！」スクルージは頭のてっぺんから足の爪先《つまさき》までを震わせて言った。「わかった、わかりましたよ。おれもこの不幸な男みたいになるかもしれないってことだ。いまのままなら、自分も同じ道をたどる。待てよ、なんだ、これは？」

スクルージは恐怖であとずさった。場面が変わり、もう少しで自分がベッドにふれるところだったからだ。それはカーテンのついていないむき出しのベッドで、粗末なシーツの下に布で覆われた何かが横たわっていた。口こそきかないが、恐ろしいことばでみずからを物語っている。

部屋はとても暗く、何ひとつはっきりとは見えなかったが、スクルージはひそかな衝動に駆られてあたりを見まわし、どんな部屋なのかをうかがい知ろうとした。窓の外でかすかな光が立ちのぼり、まっすぐベッドの上に落ちた。照らし出されたのは、身ぐるみ剝《は》がされてすべてを失い、見守る人も、涙する人も、世話する人もいない、ある男の亡骸《なきがら》だった。

スクルージは精霊を見やった。微動だにしない手が死体の頭を指さしている。覆いが雑にかぶせてあり、顔を見るには、ほんの少し持ちあげるだけ、指一本動かすだけでよさそうだ。スクルージは考えて、たやすそうだからそうしたいと思ったが、そばにいる精霊を追い払えないのと同様に、その覆いを取り払うことがどうしてもできなかった。

おお、冷たく、冷たく、きびしく恐ろしい死よ、おまえの祭壇をここに設《しつら》え、おまえの操る恐怖で飾りつけるがよい。ここはおまえの領土なのだから！　だが、愛され、慕われ、敬われた者の顔を前にして、おまえの恐ろしい力は役立たずであり、髪の毛一本動かすことも、目鼻立ちを少しゆがめることもできない。それは、死者の手が重く、放せば落ちるからではない。心臓の動きが止まっているからでもない。その手がかつて開かれて、寛大で、誠実だったからだ。その心臓がかつて勇敢で、あたたかく、やさしかったからだ。脈動に人間らしいぬくもりが宿っていたからだ。さあ、打て、死の影よ、打て！　この男の数々の善行が傷口から噴き出し、この世に不滅の命の種を撒《ま》くさまを見よ！

だれが言ったわけでもないのに、ベッドを見つめるスクルージの耳にそんなことばが聞こえた。もしこの男がいま生き返ったら、真っ先に何を思うのかとスクルージは考えた。金ほしさか、無情な取引か、強烈な不安か。そんなもののせいで、ずいぶんと上等な最期を迎えたというのに！

男の死体は、暗くがらんとした家にひとりきりで横たわっていた。あれやこれやでお世話になった、あのときあんなやさしいことばをかけてくれた、だから自分も親切にしたいなどと言う者は、男も、女も、子供も、だれひとりとしていなかった。猫が爪でドアを引っ掻《か》き、暖炉の下からネズミの騒ぐ音が聞こえる。こいつらがいったいこの死の部屋になんの用があるのか、なぜこんなにもそわそわと落ち着かないのか、スクルージは考えたくもなかった。

「精霊殿」スクルージは言った。「ここは恐ろしい場所だ。この場を立ち去っても、教訓を忘れないと約束する。信じてくれ。さあ、行こう！」

精霊の指は動かず、死者の頭を指したままだ。

「わかるさ」スクルージは言った。「できるものならそうしたいが、できないんだ。おれにはそんな力がない。ないんだよ」

精霊の視線がまた自分に注がれているのがわかった。

「この男が死んで気持ちを動かされてる人がこの街にいるなら」スクルージは必死に頼みこんだ。「そのだれかのところへ連れてってくれ、精霊殿。どうか、お願いします！」

精霊はスクルージの前でほんの一瞬、黒い衣を翼のようにひろげた。翼をもとにもどすと、そこに現れたのは、昼に部屋で過ごす母親と子供たちだった。

母親はだれかの帰りを待ちわびているらしかった。部屋を行ったり来たりして、かすかな物音にも驚き、窓の外をうかがい、時計をちらちら見やり、針仕事に精を出そうにも気が散ってしかたなく、遊んでいる子供たちの声にも苛立《いらだ》ちを隠せずにいた。ま
ようやく、待ちかねたノックの音が響いた。母親はドアへ急ぎ、夫を出迎えた。

だ若いのに心労にやつれ、生気のない顔をした男だった。いま、その顔には奇妙な表情が浮かんでいる。うれしくてたまらないのに、そう感じることを恥じて、懸命に抑えこもうとしているかのようだ。

夫は、冷めないよう火のそばに置いてあった夕食の前に腰をおろした。妻がおずおずと（それも長い沈黙のあとで）どうだったかと尋ねると、夫は困った顔で、どう答えてよいかわからないようだった。

「いい知らせ？」妻は助け舟を出した。「それとも、悪い知らせ？」

「悪い知らせだ」夫は答えた。

「わたしたち、もう破産なの？」

「いや。まだ望みはあるんだ、キャロライン」

「よりによってあの人が大目に見てくれるのなら」妻は驚いて言った。「たしかに望みはある。そんな奇跡が起こるのであれば、希望がないわけじゃない」

「大目に見るどころか」夫は言った。「あの人は死んだよ」

その顔立ちからわかるとおり、妻はおとなしく辛抱強い性格だった。それでも、この知らせを聞いたとき、妻は心から感謝し、両手を組み合わせて、喜びの声をあげた。つぎの瞬間、あわてて許しを請い、申しわけなさそうな顔をした。しかし、最初に口をついて出たことこそが、偽りのない本心だった。

「一週間待ってくれないかとあの人に頼みにいったとき、酔っぱらった女がいたことはきのう話したろう。あの女が言ってたことは、ぼくを避けるための単なる口実だと思ったけど、ほんとうだったんだ。具合がひどく悪いだけじゃなく、あのときまさに死にかけてたんだよ」

「わたしたちの借金はだれに返すことになるの？」

「わからない。でも、そのときまでには金を工面できるだろう。もし間に合わなかったとしても、あれほどまで情け知らずの人間が引き継ぐなんてことは、よほど運が悪くないかぎりありえない。今夜は安心して眠れるよ、キャロライン！」

そのとおりだった。高ぶる気持ちを抑えようとしながらも、ふたりの心は軽やかだった。まわりに集まって、わからないなりに耳を傾けていた子供たちの顔も明るくなった。この男の死によって、この家族は幸せになったのだ！　男の死が人々にもたらした唯一の感情が喜びであったことを、精霊はスクルージに示した。

「死が同情をもって迎えられる様子を見せてもらいたい」スクルージは言った。「そうでないと、さっきまでいたあの暗い部屋が永遠に目に焼きついてしまう」

精霊はスクルージの歩き慣れた道をいくつも通っていった。あとを追いながら、スクルージはあちらこちらへ視線を走らせたが、自分自身の姿はどこにも見あたらない。やがてふたりはボブ・クラチットの家にたどり着いた。前にも訪れたあの家だ。中ではクラチット夫人と子供たちが火を囲んですわっていた。

静かだった。しんと静まり返っている。いつもは大騒ぎのちびっこふたり組は隅にすわって銅像のように動かず、ピーターを見あげている。ピーターは本を読み、クラチット夫人と娘たちは縫い物をしている。しかし、だれも彼もがあまりにも静かだ。

「〝そこでイエスはひとりの子供を呼び寄せ、彼らのなかに立たせて……〟」（マタイによる福音書十八章二節）

スクルージはどこでこのことばを聞いたのだろう。夢ではない。きっと、精霊とこの部屋にはいったときに、ピーターが朗読していたのだろう。それなら、なぜつづきを読まないのか。

クラチット夫人が縫いかけの生地をテーブルに置き、片手を顔にあてた。

「この色は目にこたえるね」夫人は言った。

喪服の黒が？　ああ、かわいそうなティム坊や！

「少し楽になった」クラチット夫人は言った。「蠟燭《ろうそく》の光だと、目がつらくてしかたないよ。でも、父さんが帰ってくるのに、弱った目を見せるわけにはいかないからね。

そろそろ時間だと思うけど」

「もう過ぎてるよ」ピーターは本を閉じて言った。「ここ何日か、父さんはいつもよりゆっくり歩いてる気がするな」

一家はまた静かになった。ようやくクラチット夫人が沈黙を破り、一度口ごもったものの、明るくしっかりとした声でこう言った。

「父さんはいつも……父さんはいつも、ティム坊やを肩車して歩いてたものね。それも、すごく速かった」

「そうだな」ピーターが声をあげた。「いつもそうだったよ」

「いつもそうだった！」だれかが言った。全員があとにつづいた。

「でも、あの子はとても軽かったから」クラチット夫人は一心に針を進めながら言った。「それに、父さんはあの子を心底かわいがってたから、肩車くらいなんでもなかったんだよ。ほんとうにね。さあ、父さんがお帰りだよ！」

クラチット夫人はさっと立ちあがって夫を出迎えた。小柄なボブは、首にいつもの襟巻き《コンフォーター》をして――かわいそうに、ほんとうに必要なのは慰め《コンフォート》だというのに――はいってきた。暖炉の横棚には、ボブのために軽い食事の支度がしてあり、みんなが競い合うように給仕をした。ちびっこふたり組はボブの膝《ひざ》に乗り、小さなほっぺたをボブの顔に押しあてて、「だいじょうぶだよ、父さん。悲しまないで！」としぐさで伝えた。

ボブはたいそう陽気にふるまって、家族のみんなと明るくしゃべった。テーブルの上の縫い物を見て、妻と娘たちが勤勉で仕事が速いことを褒めた。この調子なら、日曜よりずっと早く仕上がるだろう、とボブは言った。

「日曜！　じゃあ、きょう行ってきてくれたのね、ロバート」クラチット夫人は言った。

「ああ、行ってきた」ボブは答えた。「おまえもいっしょに来ればよかったよ。あの場所の緑豊かなのを見たら、おまえもきっと安心したろう。どのみち、これからは何度でも行けるけどね。あの子に約束したんだ、毎週日曜にはかならず会いにいくからって。わたしのかわいい、かわいい子！」ボブは声を震わせた。「わたしのちっちゃな坊や！」

ボブはわっと泣き崩れた。こらえることなんて、とてもできなかった。それができるとしたら、父と子は離ればなれになっていたかもしれない。

ボブは部屋を出ると、階段をあがって上の部屋へ行った。そこは蠟燭の光で楽しげに照らされ、クリスマスの飾りつけがしてあった。その子のそばには椅子が置いてあり、さっきまでだれかがいた跡があった。ボブはそこへ腰をおろし、少しのあいだ思いにふけって気を落ち着かせてから、小さな顔にキスをした。起こってしまったことと心で折り合いをつけ、また幸せな気持ちになって下へおりていった。

一家は暖炉のまわりに集まって語らった。クラチット夫人と娘たちは針仕事の手を休めなかった。ボブは、スクルージさんの甥《おい》が、前に一度お会いしただけだというのにとても親切にしてくれた、という話をした。きょう、道でたまたま出会ったとき、ボブが少しばかり──「なに、ほんの少しだよ」──元気がないのを見て、何かつらいことでもあったのかと尋ねてくれたのだった。「それでね、あんなに話していて気持ちのいい紳士もいないから、わたしも打ち明けたんだ。すると〝ほんとうにお気の毒に思いますよ、クラチットさん。あなたのすばらしい奥さまにも、心からお悔やみを〟と言ってくれたよ。でも、どうしてあの人はそのことを知っていたんだろう?」

「そのことって?」

「おまえがすばらしい奥さまだってことさ」ボブは答えた。

「そんなの、みんな知ってるよ!」ピーターが言った。

「よく言った、わが息子!」ボブは大声をあげた。「ぜひ知ってもらいたいものだな。あの人はこう言ったよ。〝あなたのすばらしい奥さまにも、心からお悔やみを〟ってね。それから〝何かお力になれることがあれば、ここがぼくの住所です。遠慮なくいらっしゃってください〟と言って、名刺までくれた。わたしがうれしかったのは」ボブは力をこめて言った。「あの人が何かをしてくれそうだからではなくて、あの人の親切な心にふれたからなんだ。ほんとうにティム坊やのことを知っていて、わたしたちと気持ちを分かち合ってくれたような気がしたよ」

「いい人なんだねえ！」クラチット夫人は言った。

「実際に会って話をしたら」ボブは言った。「ますますそう思うはずだよ。それにね、いいかい、あの人がピーターにもっといい仕事を紹介してくれたって、わたしはちっとも驚かないよ」

「まあ、聞いたかい、ピーター」クラチット夫人は言った。

「そうなったら」娘のひとりが大声で言った。「ピーターはだれかといい仲になって、ひとり立ちするのよね」

「ばか言え！」ピーターはそう言い返しながらも、にっこり笑った。

「いつかはそうなるんだろうな」ボブは言った。「とはいえ、まだ先の話だよ。でも、わたしたちがいつ、どんなふうに離ればなれになるとしても、わたしたちのだれも、かわいそうなティム坊やのことを――わたしたちに訪れたこの最初の別れのことを――忘れはしないだろうね？」

「ぜったい忘れません、父さん！」子供たちがいっせいに答えた。

「それから、父さんにはわかっているが」ボブはつづけた。「あの子はとっても小さかったけれど、どんなに我慢強くてやさしかったかを思い出せば、わたしたちはつまらないことで喧嘩《けんか》などしないし、そうやってティム坊やのことを忘れることもあるまいね」

「けっしてありません、父さん！」子供たちはふたたび口をそろえた。

「わたしは幸せ者だよ」ボブは言った。「ほんとうに幸せだ！」

クラチット夫人、娘たち、ちびっこふたり組が、順番にボブにキスをして、ピーターは握手を交わした。ティム坊やの魂、まさしく子供のなかの子供は、神からの賜り物だった！

「精霊殿」スクルージは言った。「あなたとの別れのときが近いことを何かが告げてる。なぜだかわからんが、そう感じるんだ。あそこで横たわってたのがだれの遺体なのか、教えてはもらえないのか」

未来のクリスマスの霊は、もう一度、スクルージを商人たちが集まる界隈《かいわい》へ連れていった。しかし、さっきとはちがう時刻のようだ、とスクルージは思った。そう言えば、これまで見てきた場面も、未来の出来事にはちがいないにせよ、順序どおりではないようだった。人混みのなかに、スクルージ自身の姿は見あたらない。精霊は一度も立ち止まろうとせず、求められた場所をめざしているのか、ひたすら突き進んだ。スクルージは、少し待ってくれと精霊に頼んだ。

「あそこだ」スクルージは言った。「いま急いで抜けているこの通りに、おれの事務所がある。ずっと昔からだ。ああ、建物が見える。未来の自分がどんなふうになっているのか、見せてもらいたい」

精霊は止まった。手で、どこか別の方向を指している。

「事務所はあっちなんだよ」スクルージは叫んだ。「なぜちがう方向を指すんだ」

指は頑として動かなかった。

スクルージは事務所の窓に駆け寄って、中をのぞいた。それはたしかに事務所だったが、自分のものではなかった。見覚えのない家具が並び、椅子に腰かけているのも自分ではない。精霊を見ると、相変わらずよそを指している。

スクルージは、なぜ自分の姿が見えなかったのか、どこへ行ったのかと怪訝《けげん》に思いながら、ふたたび精霊のあとを進んでいった。やがて、ふたりは鉄の門にたどり着いた。中へはいる前に、スクルージは立ち止まってあたりを見まわした。

墓地。これからその名を知ることになるあの哀れな男が、ここに埋葬されているのだろう。あの男に似つかわしい場所だ。四方を家々に囲まれ、雑草が生い茂っているが、それは生ではなく、死が繁茂しているのだろう。息もできないほど死体をたくさん詰めこみ、旺盛《おうせい》な食欲で肥え太っている。あの男に似つかわしい場所だ！

精霊は墓石のあいだに立って、そのなかのひとつを指さした。スクルージは震えながら近づいた。精霊の様子はこれまでとまったく変わらなかったが、そのおごそかな姿から新たな意味が感じられて、恐ろしかった。

「あなたが指しているその墓へ、これ以上近づく前に」スクルージは言った。「ひとつ教えてもらいたい。これらの影は定められた未来なのか、起こりうる未来なのか、どっちだろうか」

精霊は相変わらず足もとの墓石を指している。

「人の進む道の先には、なんらかの結末がある。ふるまいを改めなければ、かならずそこへ行き着く」スクルージは言った。「でも、その行路をはずれて、ちがう道を進んだら、結末も変わるはずだ。これまで見せてもらったものについても、そうだと……言ってください！」

精霊は不動の姿勢を崩さない。

スクルージはまた体を震わせ、よろめきながら墓へ近づいた。そして、精霊の指の先、だれからも忘れ去られた墓石の上に、ほかならぬ自分の名前が刻まれているのを見つけた――〝エベニーザー・スクルージ〟。

「おれだったのか、あのベッドの死体は」スクルージは大声で言い、膝《ひざ》から崩れ落ちた。

精霊の指先が墓からスクルージへと移動し、また墓へもどった。

「やめてくれ、精霊殿！　そんな、そんな！」

指はじっと墓を指したままだ。

「精霊殿！」スクルージは叫び、精霊の衣にしがみついた。「聞いてください！　おれは心を入れ替えました。ここまでの導きがなければなっていたはずの男には、けっしてもどりません。まったく望みが残されていないなら、なぜこうやって未来を見せてくださるんですか」

精霊の手がはじめて震えたように見えた。

「心やさしき精霊殿」その足もとにひれ伏して、スクルージは懇願した。「あなたは心の底で、おれに救いの手を差し伸べ、憐《あわ》れんでくださっている。生き方を一変させれば、いまならまだ、これまで見てきた影を変えることができると、どうかおっしゃってください！」

情け深い手が小刻みに震えた。

「クリスマスをこの胸で大切に敬い、その気持ちを一年じゅう忘れません。過去、現在、未来のために生きます。三人の精霊殿の励ましとともに過ごします。あなたがたの教えをけっして忘れません。この石に刻まれた文字を消すことができると、どうかおっしゃってください!」

思い余って、スクルージは精霊の手をつかんだ。精霊は振りほどこうとしたが、スクルージは懸命にしがみついた。しかし、精霊の力にはかなわず、スクルージは突き飛ばされた。

両手を掲げ、運命が変わることを最後に祈ろうとしたとき、スクルージは精霊の頭《ず》巾《きん》と衣が変形していくのに気づいた。それは少しずつ縮んで細くなり、ついにはベッドの柱へと変わった。

第五節　結末

そう！　それはスクルージのベッドの柱だった。ベッドも寝室も自分のものだ。何よりすばらしく、ありがたいことに、これから先の時間も自分のもので、償いをすることができるのだ！

「過去、現在、未来のために生きます！」スクルージはそう言いながら跳ね起きた。「三人の精霊殿の励ましとともに過ごします。ああ、ジェイコブ・マーリー！　このために神とクリスマスが讃《たた》えられますように！　おれはひざまずいて言うぞ、ジェイコブ。このとおり、ひざまずいて！」

改心したせいで体の震えと火照りが止まらず、しゃべろうにも声がひび割れてなかなか出なかった。精霊にしがみついて泣きじゃくったので、顔じゅうが涙で濡《ぬ》れていた。

「引き剝《は》がされてないぞ」ベッドのカーテンを腕にかかえて、大声をあげた。「引き剝がされてないし、金具も全部ある。カーテンは無事、おれも無事だ。起こりうる未来の影は追い払えるのかもしれない。きっと追い払える。追い払ってみせる！」

そのあいだ、スクルージの両手は着ているものを忙しくいじくりまわしていた。裏返したり、逆さにかぶったり、剝ぎとったり、はめちがえたりして、服を相手に大乱闘を繰りひろげている。

「どうしたらいいんだ！」泣くのと笑うのを同時にやりながら、スクルージは叫んだ。ラオコーン（海蛇に絞め殺されたトロイアの神官）そっくりに、靴下をぐるぐると体に巻きつけている。「羽のように軽く、天使のように幸福で、少年のように愉快な気持ちだ。酔っぱらったみたいに目がまわるぞ。みんな、メリー・クリスマス！　世界じゅうの人たちがよい新年を迎えられますように！　やあ！　おーい！　やあやあ！」

スクルージは転がるようにして居間へ行き、すっかり息を切らして立ち止まった。

「粥《かゆ》入りの鍋《なべ》がある！」スクルージはそう叫ぶと、いても立ってもいられずに、暖炉のそばを走りまわった。「このドアからジェイコブ・マーリーの幽霊がはいってきた！　この隅に現在のクリスマスの精霊がすわってた！　あの窓から、夜空にさまよう霊たちを見た！　そう、全部が現実で、ほんとうに起こったことだ。はっはっはっ！」

何年も笑いを忘れていた男にしては、実にみごとな、まぶしいほどの笑いだった。今後も果てしなく生まれる数々の笑いの先祖だ！

「きょうはいったい何日だろう」スクルージは言った。「どのくらい精霊たちといっしょにいたのか。何もわからん。赤ん坊と同じだな。かまわん。どうだっていいじゃないか。いっそのこと赤ん坊でいよう。やあやあ！　うわーい！　やーい！」

夢心地を破って、あちらこちらの教会の鐘が、これまで耳にしたことがないほどにぎやかな音色を響かせた。ガラーン、ゴローン、ボーン、ディーン、ドーン、カーン。カーン、ドーン、ディーン、ボーン、ゴローン、ガラーン！　ああ、すばらしい、すばらしい！

スクルージは窓に駆け寄ると、ガラス戸をあけ放って顔を出した。霧も靄《もや》もなく、すっきりと晴れ渡り、明るくさわやかで心浮き立つ、よく冷えた朝。凜《りん》とした空気に血が躍りだすようだ。黄金色《こがね》の日差し、神々しい青空、新鮮でおいしい空気、愉快な鐘の音。ああ、すばらしい。すばらしい！

「きょうは何日かな」スクルージは窓の下にいた晴れ着姿の少年に呼びかけた。こちらの姿が目に留まって、なんとなく近寄ったのだろう。

「えっ？」少年は呆気《あっけ》にとられて言った。

「きょうは何日か教えてくれるかい、きみ」スクルージは言った。

「何日かだって！」少年は答えた。「決まってるよ、きょうはクリスマスだ」

「クリスマスか」スクルージはつぶやいた。「逃したわけじゃなかったんだ。精霊たちは、あれ全部をひと晩でやってのけた。なんでも意のままにできるんだ。そりゃあ、できるに決まってる。もちろん、そうさ。おい、そこのきみ！」

「はい！」

「ふたつ向こうの通りの角に、鳥屋があるのを知ってるか」

「知ってると思うよ」少年は答えた。

「賢い子だ！」スクルージは言った。「なんて頭のいい子だ！あの店先に、賞をとった立派な七面鳥が吊《つる》してあったんだが、あれはもう売れたのかな？小さいのじゃなくて、大きいほうだ」

「あの、ぼくと同じくらいでっかいやつ？」

「なんと愉快な少年だ！」スクルージは言った。「この子と話せてほんとうにうれしいぞ。そうだよ、きみ！」

「あれなら、まだ吊してあるよ」少年は答えた。

「そうかい」スクルージは言った。「あれを買ってきてくれ」

「まさかあ！」少年はびっくりして叫んだ。

「いやいや」スクルージは言った。「大まじめだぞ。あれを買いにいって、ここへ持ってくるように頼んでくれ。そのあと、届け先の住所を教えるから。店の人といっしょにもどってきたら、きみに一シリングやる。五分以内にもどれば、半クラウンだ！」

少年は鉄砲玉のようにすっ飛んでいった。射撃の達人でさえ、その半分の速さで撃てればいいほうだっただろう。

「ボブ・クラチットのところへ届けてやろう！」スクルージは両手をこすり合わせてつぶやき、それから大笑いした。「送り主の名前は伏せる。ティム坊やの倍はある七面鳥だぞ。ジョー・ミラー（十八世紀に活躍した俳優。死後に刊行されたジョーク集が名高い）だって、ボブのところへ送るなんて冗談は考えつかん！」

住所を記すとき、手が震えてしかたなかったが、なんとか書き終えると、鳥屋がいつ来てもいいように、階下へおりて表のドアをあけた。玄関の前に立って待っていると、ドアのノッカーが目に留まった。

「一生の宝物にするぞ！」ノッカーを軽く叩《たた》きながら言った。「これまで、まともにながめたことはなかったな。なんて正直そうな表情だ。こいつはすばらしいノッカーだ——おや、七面鳥のおでましだぞ。おーい！　やあ！　元気かい？　メリー・クリスマス！」

みごとな七面鳥だった。こんなにまるまるとしていたのでは、自分の脚で立つこともできなかったにちがいない。封蠟《ふうろう》の芯《しん》のように、すぐさま折れてしまったことだろう。

「おや、これじゃカムデン・タウンまでかついでいくのは無理だな」スクルージは言った。「馬車で行きなさい」

スクルージはそう言いながらくつくつ笑い、七面鳥代を払いながらくつくつ笑い、馬車代を出しながらくつくつ笑い、少年に駄賃をやりながらくつくつ笑ったが、なおもくつくつ笑いがこみあげてきて、息を切らして椅子へ駆けもどり、ついには涙が出るまでくつくつ笑った。

手がひどく震えて、ひげを剃《そ》るのはひと苦労だった。そもそも、踊りながら剃るというのでなくても、ひげ剃りには集中力が要る。とはいえ、いまのスクルージなら、たとえ鼻の頭を剃り落としたとしても、絆創膏《ばんそうこう》の一枚でも貼りつけるだけで、じゅうぶん満足したことだろう。

スクルージは上から下まで一張羅でめかしこみ、ついに街へ出ていった。現在のクリスマスの霊と見たときと同じように、あたりはおおぜいの人々でにぎわっていた。

スクルージは手を後ろに組んで歩きながら、うれしそうに笑みを浮かべ、すれちがう人々のひとりひとりをながめた。喜びではち切れんばかりのスクルージを見て、陽気な三、四人が「おはようございます！　楽しいクリスマスを！」と声をかけたほどだった。スクルージがのちによく語ったことだが、それまでに聞いたいろいろな楽しい音のなかでも、こんなに耳に楽しく響いた音はなかった。

そう遠くまで行かないうちに、向こうから恰幅《かっぷく》のいい紳士がやってくるのに気づいた。きのう事務所を訪れて、〝こちらは〈スクルージ＆マーリー商会〉ですね〟と言った、あの紳士だ。こんなところで鉢合わせして、あの老紳士がどんな顔をするかと考えると、胸が痛んだが、すでにおのれの進むべき道を見いだしていたスクルージに迷いはなかった。

「これはこれは」スクルージは駆け寄って、老紳士の両手を握った。「ごきげんよう。きのうは順調に運んでいたらいいのですが。あなたは大変親切な人です。楽しいクリスマスを過ごせますように」

「スクルージさんでしたか？」

「はい」スクルージは言った。「それが名前ですが、不快な思いをさせてしまうかもしれません。ひとつ頼みがありましてね。もしよかったら――」紳士の耳もとでそっとささやいた。

「なんですって！」紳士は叫び、大きく息を呑《の》んだ。「スクルージさん、本気なんですか？」

「ぜひお願いします」スクルージは言った。「小銭一枚たりとも減らしはしません。これまで長らく支払っていなかったぶんも、すべて含めてということです。願いを聞き入れてくださいますかな」

「いやはや」紳士は握手をしながら言った。「なんとお礼を申しあげればいいやら。まさかそれほどの——」

「どうか何もおっしゃらずに」スクルージはさえぎって言った。「あとでお越しください。来ていただけますね？」

「もちろんですとも！」老紳士は大声で言った。本気でそうするつもりなのは明らかだった。

「ありがとう。ご恩は忘れません。五十回でもお礼を言いたいくらいです。では、ごきげんよう！」

スクルージは教会へ行き、通りを歩きまわり、そこかしこへ足早に行き交う人々をながめ、子供たちの頭をなで、物乞《ものご》いに声をかけ、家々の台所を見おろし、窓を見あげた。そして、何をしても喜びが湧きあがることに気づいた。こうしてただ歩くことが――そして、ありとあらゆるものが――こんなにも幸せを与えてくれるとは、夢にも思わなかった。その午後、スクルージは甥《おい》の家へ向かった。

ノックする勇気を掻《か》き集めるのに、スクルージは十回以上もドアの前を行きつもどりつした。だが意を決して、ついにドアを叩いた。

「ご主人はご在宅かな？」スクルージは若い女中に尋ねた。感じのよい娘だ！　とっても。

「ええ、はい」

「どこかな、お嬢さん」スクルージは言った。

「奥さまもごいっしょに、食堂にいらっしゃいます。よろしければ、ご案内しましょう」

「ありがとう。ご主人とは知り合いでね」スクルージはそう言いながら、もう食堂のドアに手をかけていた。「では、お邪魔させてもらうよ」

スクルージは静かに取っ手をまわし、ドアの隙間からそっと顔をのぞかせた。ふたりはテーブルの上をながめているところだった（料理がずらりと並んでいる）。近ごろの若い夫婦は、こういうことにとても気を使って、何もかも完璧《かんぺき》でないと気がすまないのだ。

「フレッド！」スクルージは声をかけた。

スクルージの姪《めい》のなんと驚いたことか！　部屋の隅でスツールにすわっている姪のことを、スクルージはすっかり忘れていた。そうでなければ、こんなふうに驚かすこともなかったのに。

「これはびっくりだ！」フレッドは言った。「どなたですか」

「おれだよ。おまえのスクルージ伯父《おじ》さんだ。食事に呼ばれようかと思ってね。かまわないかな、フレッド」

かまわないかって？　甥がスクルージの腕を引きちぎってしまわなかったのは幸いだった。五分もすると、スクルージはすっかりくつろいだ気分になった。これほど心あたたまることはほかにない。姪は精霊の影のなかで見たときとまったく同じだった。そこへやってきたトッパーも同じ。つぎにやってきたぽっちゃりの妹も同じ。つづいて勢ぞろいしたお客も、みんな変わらない姿だった。すばらしい宴《うたげ》、すばらしいゲーム、すばらしい団欒《だんらん》、すばらしい幸せ！

つぎの日の朝、スクルージは早々に事務所へと向かった。そう、ほんとうに早かった。いちばんに着いて、遅れてくるボブ・クラチットを待ち伏せしなくては！　スクルージはそう心に決めていた。

そして、そのとおりになった。そう、そのとおりに！　時計が九時を打った。ボブはまだ来ない。九時十五分。まだ来ない。たっぷり十八分三十秒の遅刻だった。スクルージは自室のドアをあけ放ち、水槽にはいっていくボブを見逃すまいとした。

ボブはあらかじめ帽子を脱ぎ、毛糸の襟巻きもはずしてから事務所にはいってきた。電光石火のごとく椅子に腰かけると、過ぎ去った九時に追いつこうとするかのように、せっせとペンを走らせた。

「おい！」スクルージは、いつものがみがみ声を精いっぱい装って言った。「こんな時間に出てくるとは、いったいどういうつもりだ」

「申しわけありません」ボブは言った。「遅刻しました」

「遅刻か」スクルージは言った。「そう。たしかに遅刻だ。ひとつ、こっちへ来てもらおうか」

「年にたった一度です」ボブは水槽から出てきて訴えた。「二度と繰り返しません。ゆうべ、少し浮かれすぎてしまって」

「では、ひとこと言わせてもらおう」スクルージは言った。「こんなことは我慢がならない。そこでだ」椅子から跳びおりて、ボブの胴着を小突いたので、ボブはよろめいて、また水槽のなかへもどった。「そこで、きみの給料をあげてやろうと思う！」

ボブは震えながら、そっと簿記棒ににじり寄った。スクルージを簿記棒で殴って押さえつけ、近所の人に頼んで拘束服を持ってきてもらおうと、とっさに思いついたのだ。

「メリー・クリスマス、ボブ！」ボブの背中を軽く叩《たた》きながら、まごうことなき真心のこもった声で、スクルージは言った。「なあボブ、よき友よ、これまでの何年もよりずっと楽しいクリスマスだよ。きみの給料をあげて、家族が苦しい思いをしないよう援助させてもらいたい。きょうの午後、スモーキング・ビショップ（レモンやオレンジなどを加えたホットワイン）でも飲みながら、それについて話し合おうじゃないか。火を熾《おこ》そう。それと、すぐに石炭入れをもうひとつ買ってきてくれ、ボブ・クラチット！」

スクルージは約束を果たす以上のことをした。言ったことはすべて実行し、それよりはるかに多くのことをした。ティム坊やは生きながらえ、スクルージは第二の父親となった。この古きよき都ロンドンはもちろん、世界じゅうの古きよき都市、町、市のどこにもいなかったほどの、よき友、よき主人、よき人間となった。その変貌《へんぼう》ぶりを笑う者もいたが、スクルージは勝手に笑わせておいたし、気にもかけなかった。善となるものが生まれるときには、それがなんであれ、さんざん笑い物にする輩《やから》がいることを心得ていたからだ。そういう連中には物を見る目がないのだから、その目を醜くゆがめさせるくらいなら、にやにや顔でいさせたほうがまだましだとも思っていた。スクルージの心は笑っていた。スクルージにとっては、それでじゅうぶんだった。

それ以後、スクルージが精霊《スピリッツ》たちと交わることはなかった。酒《スピリッツ》を遠ざけたのだから、まあ、絶対禁酒主義を貫いたと言えないこともない。クリスマスの正しい祝い方を知っている人がいるとしたら、それはだれよりもスクルージだという評判が生まれた。わたしたちのだれもが、同じ評判をもらえたらいいものだ。では、最後にティム坊やのことばを借りて、〝かみさまのしゅくふくが、みんなにありますように！〟。

訳者あとがき

『クリスマス・キャロル』は、一八四三年、チャールズ・ディケンズが三十一歳のときに書かれた。『ピクウィック・クラブ』『オリヴァー・トゥイスト』『ニコラス・ニクルビー』といった初期作品ですでに高く評価されていたディケンズが、この年の秋に着想して一か月ほどで書きあげ、クリスマスの数日前に刊行されるや大評判を博して、ディケンズを人気絶頂の国民的作家へと押しあげた作品である。これ以後、ディケンズはほぼ年一作のペースで、「鐘の音」「炉端のこおろぎ」「人生の戦い」「憑かれた男」と、クリスマスをテーマとした作品を発表し、「クリスマス・キャロル」と合わせた五作がのちに『クリスマス・ブックス』として一巻にまとめられた。

『クリスマス・キャロル』には、ディケンズの数多い傑作に顕著に見られる特徴がすべて具《そな》わっている。

第一に、まさしく「物語の興奮」と呼ぶべきものが強烈に掻《か》き立てられること。劇的な展開と巧みなストーリーテリングには非の打ちどころがなく、現代では勧善懲悪の色合いがいささか強すぎるように感じられるとはいえ、くっきりとめりはりのつけられた人物造形はあらゆる物語のお手本だと言える。スクルージが世界文学史上屈指の有名なキャラクターであるのはもちろん、ジェイコブ・マーリーやボブ・クラチットの名も、イギリス人ならだれもが知っている。

第二に、ユーモラスで悠揚迫らぬ独特の語り口。書き出しの「まず最初に言うが、マーリーは死んでいた」で、早くも読者の心をつかみ、興味津々の展開へといざなっていく。その後もところどころ、絶妙のタイミングで作者が顔を出して読者に語りかけ、物語を盛りあげる。

少し裏事情を明かすと、今回の訳出にあたっては、全体を敬体（「〜です、〜ます」などで終わる文体）で処理することも考えた。児童書ならともかく、大人向けの作品では通常は考えがたいことだが、この作品には、夢と現実のはざまを漂う物語を読者に語り聞かせているような趣が強く感じられるのだ。実のところ、刊行から十年を経たころから、ディケンズ自身がこの作品を朗読会で聴衆に読み聞かせる機会が増えていったという。最終的には簡潔さと安定感を重んじて、訳文は従来のスタイル

（常体）でまとめたが、この作品にはまちがいなく読者の心の奥底にまで響く「肉声」が宿っている。それこそが、二百年近く経っても世界じゅうで世代を超えて読み継がれている理由なのかもしれない。

第三に、町や田園の風景が活写されていて、まるで目の前にあるかのように感じられること。また、登場する食べ物のひとつひとつが（生き物ではないのに）生き生きとしていて、だれもがそれらを実際に味わいたくなるにちがいない。五感に強烈に訴える描写力は、いまの時代に読んでもまったく色あせていない。

第四に、貧しい人々や弱者へのあたたかい思いやりが随所で感じられること。ディケンズ自身はどちらかと言うと中上流階級の出身だが、子供のころに工場で働かされるなど、多くの辛苦を体験している。そのような日々に町や人々の様子を的確に観察し、のちにそれらを作品に反映していったのだろう。

ディケンズが『クリスマス・キャロル』を書いたころ、イギリスでは家族でクリスマスを祝う習慣が廃れはじめていて、それがこの作品を機に一気に復活したという。クリスマスツリーを置いたり、クラッカーを鳴らしたりといった習わしも、この時期に本格的に定着したらしい。つまり、これは当時のイギリスのクリスマスを克明に描いただけでなく、読者に家族の絆《きずな》や信仰の深さを力強く再認識させ、いまも世界の多くの場所でクリスマスが祝われる原点となった作品だと言うこともできる。

長年にわたって世界じゅうで読み継がれてきた名作だから、『クリスマス・キャロル』の影響を受けて書かれた作品や、これを原作とする映像化作品はむろん数多くある。それらは簡単にネットで検索できるので、ここではあえて一風変わった映像作品をふたつ紹介しよう。

二〇一五年にBBCで制作された〈ディケンジアン〉という全二十話のドラマがある。タイトルから想像できるかもしれないが、これはディケンズの数々の名作に登場する主役・脇役たちを集めて作った斬新《ざんしん》な趣向のオリジナル作品である。マーリーの殺害事件をバケット警部（『荒涼館』）が捜査していくというのが物語の本筋で、スクルージはもちろん、クラチット夫妻までも登場する。原典を読んでいなくても楽しむことができるので、ディケンズのほかの作品を読む足がかりとしてお薦めしたい（二〇二〇年の時点では、DVDやアマゾンプライムなどで観ることができる）。

もうひとつが、二〇〇七年にフランシス・フォード・コッポラ監督が撮った映画〈コッポラの胡蝶の夢〉。これはミルチャ・エリアーデの幻想小説『若さなき若さ』を原作としたもので、狷介《けんかい》な老言語学者が落雷に打たれたのを機になぜか若返り、おのれの生涯を振り返りつつ、時空を超えた旅に出る。先々で出会う人間や出来事に触発されて、生きることの意味を再発見するという全体の流れは『クリスマス・キャロル』と同じだが、一段と深く重厚な味わいがある。いわば、もうひとつの『クリスマス・キャロル』として、これも強くお薦めする。

『クリスマス・キャロル』を手がかりとして、ディケンズをはじめとする英米のクラシック作品を手にとってくれる読者が増えてくれることを願ってやまない。

越前敏弥

本書は訳し下ろしです。

クリスマス・キャロル

ディケンズ　越前《えちぜん》敏弥《としや》＝訳

令和2年 11月25日　初版発行
令和6年 12月15日　14版発行

発行者●山下直久

発行●株式会社KADOKAWA
〒102-8177　東京都千代田区富士見2-13-3
電話　0570-002-301(ナビダイヤル)

角川文庫 22430

印刷所●株式会社KADOKAWA
製本所●株式会社KADOKAWA

表紙画●和田三造

◎本書の無断複製（コピー、スキャン、デジタル化等）並びに無断複製物の譲渡および配信は、著作権法上での例外を除き禁じられています。また、本書を代行業者等の第三者に依頼して複製する行為は、たとえ個人や家庭内での利用であっても一切認められておりません。
◎定価はカバーに表示してあります。

●お問い合わせ
https://www.kadokawa.co.jp/（「お問い合わせ」へお進みください）
※内容によっては、お答えできない場合があります。
※サポートは日本国内のみとさせていただきます。
※Japanese text only

©Toshiya Echizen 2020　Printed in Japan
ISBN 978-4-04-109237-8　C0197